L'enfant PAN

Direction des publications : Stéphanie Baronchelli
Suivi éditorial et maquette : Alice Darondeau
Relecture éditoriale : Caroline Merceron
Correction : Maud Bataille

Conception graphique : Tiphaine Rautureau, Emma Duvallet
Illustration de couverture : Francis Banguet

WWW.GULFSTREAM.FR

ISBN : 978-2-35488-888-6

Loi 49-956 du 16 juillet 1949 sur les publications destinées à la jeunesse

Gulf stream éditeur

Arnaud
Druelle

L'enfant
PAN

*Librement inspiré de l'œuvre
de James M. Barrie*

ÉCHOS

À Raphaëlle, Esteban et Guillaume.
Que la Boussole du Temps guide vos pas.

Prologue

C'était une nuit sans étoiles. L'une de ces nuits qui n'annonçait rien de bon. Assis en tailleur à même le sol, sur un tapis de mousse et de fougères, le garçon ne quittait pas des yeux le feu qui crépitait. Ranimées sous l'effet des quelques morceaux de bois sec que le petit être venait d'y ajouter, les flammes dansaient de plus belle. L'enfant, au contraire, se sentait vidé de toutes ses forces. Comme si son énergie, sa joie de vivre avaient été aspirés dans un abîme insondable. Il ne pouvait occulter de son esprit ces images terribles, les hurlements de ses compagnons, l'expression du visage de sa sœur. L'un après l'autre, ils avaient subi l'implacable châtiment, puis ils avaient disparu dans un écran de fumée, le laissant seul, anéanti.

Depuis, il éprouvait un sentiment de désespoir qui le gagnait chaque jour un peu plus. Son insouciance l'avait quitté. Il tentait bien de faire illusion auprès des créatures de l'île qu'il affectionnait tant, mais son manque d'enthousiasme le trahissait. Ils étaient si proches de lui, et pourtant si différents. Swann l'avait finalement convaincu de venir partager des histoires avec eux, près du feu. Non sans mal. Mais il était là.

Comme d'habitude, ce fut Tylwenn qui prit la parole. De petits êtres graciles voletèrent fébrilement autour du conteur. Celui que l'on surnommait le Sage invita l'assemblée à faire silence. Une large main se posa sur l'épaule du garçon.

— Ça va, Egon ?

Il réprima une envie de fondre en larmes.

— Oui, Orpheus, tout va bien, mentit-il.

La créature au corps mi-homme, mi-cheval, soupira et s'éloigna en martelant le sol de ses sabots.

Tylwenn commença :

— Autrefois, dans l'Autre Monde, lors des rudes soirées d'hiver, les anciens réunissaient leur famille autour du foyer pour se réchauffer. Alors, ils leur contaient d'effroyables histoires de follets et de farfadets qui terrifiaient les plus jeunes.

Il s'arrêta pour laisser la curiosité poindre sur les visages à ses premiers mots. Il employait les mêmes pour débuter, invariablement. Seule la suite, issue de son esprit fécond, variait au gré de son imagination. Il poursuivit :

— L'une de ces légendes prétend que des lutins malfaisants, les changelins, se plaisent à s'introduire dans les demeures des Hommes, la nuit venue. Ils ne choisissent jamais au hasard. Ils pénètrent uniquement dans celles dont ils perçoivent l'arrivée récente d'un petit enfant. Alors, parvenu dans la chambre où dort à poings fermés le nouveau-né, le lutin retire ce dernier de son berceau pour s'y mettre à sa place. Ainsi, en prenant l'apparence du nourrisson, il s'amuse à jouer une bien vilaine farce aux humains. Au matin, quand les parents s'en viennent retrouver leur enfant, le changelin reprend son apparence de lutin et s'enfuit en riant fort de sa duperie. Quant à savoir ce qu'il est advenu du bébé, nul ne le sait…

Egon secoua tristement la tête. Il n'avait décidément pas le cœur à écouter les histoires de Tylwenn. Il tritura nerveusement l'amulette qui pendait à son cou. Les paroles du Sage glissaient sur lui comme l'eau qui s'écoule sur la roche de la petite cascade, là-bas, à côté de l'Arbre-hôte. Ces légendes qu'il aimait tellement entendre il n'y a pas si longtemps, elles lui semblaient maintenant d'insipides récits dont il n'avait que faire. Le conteur qui l'observait sembla hésiter, marqua une courte pause, avant de reprendre comme si de rien n'était :

— Parfois, on entend encore parler d'un tout petit bébé volatilisé au matin alors que ses parents l'avaient embrassé avec tendresse la veille au coucher. La mère et le père du nouveau-né, dans leur peine immense, n'ont alors plus qu'une question sans réponse qui leur consume les lèvres et le cœur : *où a bien pu disparaître notre Enfant perdu ?*

Tylwenn posa un regard interrogateur sur son auditoire comme si l'un d'entre eux allait répondre à cette question. Il s'arrêta sur le garçon.

— Qu'en dis-tu, Egon ?

Haussant les épaules, celui-ci marmonna :

— Qu'est-ce que ça peut bien faire, où il s'en est allé ? Il a disparu, c'est tout ce qui compte !

Le cœur d'Egon se souleva dans sa poitrine. Sa gorge se serra comme dans un étau. C'était comme si tout son corps ressentait le besoin d'exprimer une colère trop longtemps contenue. N'y tenant plus, il se mit sur ses jambes et s'écria, au bord des larmes :

— Il n'y a plus rien à faire, vous entendez ? Il est *perdu*, maintenant ! Il est seul, seul !

Tournant les talons, l'enfant s'enfonça vivement dans la forêt, sans se soucier de l'inquiétude qui pouvait se lire sur le visage des créatures.

Chapitre 1

Londres, 1881

Longtemps, l'*East End* fut le sanctuaire de la criminalité et de la misère. On avait probablement surnommé ainsi cette terre pour signifier à quel point elle était éloignée par sa réputation et celle de ses habitants des autres quartiers de Londres. C'était le repaire des brigands et des femmes de mauvaise vie, un lieu régi par des lois et des règles qui lui étaient propres. Il ne se passait pas un jour sans que le sang y soit versé, dans une ruelle sombre ou au fond d'un tripot. Finalement, les pouvoirs publics s'en accommodaient, préférant voir se cantonner dans un endroit identifié la lie de la société. Tant que les braves gens pouvaient dormir sur leurs deux oreilles…

Cette époque était révolue même si quelques traces en subsistaient. Des hommes politiques et des magistrats s'étaient émus du sort des gamins des rues livrés à eux-mêmes dans les quartiers pauvres des principales villes du royaume. Ainsi, ces vagabonds, la plupart du temps sans parents ou enfants de criminels, et qui vivaient de petits larcins ou de mendicité, furent peu à peu soustraits à leur milieu de misère, de saleté et de violence pour être pris en charge dans des écoles d'éducation morale, qui fleurirent un peu partout en Angleterre. *L'Oiseau Blanc* était de celles-là, nichée dans l'*East End*, au cœur du quartier miséreux du *Bow*[1]. Cette institution privée avait été fondée en cette fin de siècle par le juge Matthews, appuyé par quelques mécènes soucieux de l'avenir de ces enfants qui selon eux constituaient à la fois un danger pour eux-mêmes et un péril pour la société tout entière.

Michael Kindman en était le directeur depuis près de dix ans. Les membres du conseil d'administration, qui investissaient une petite part de leur importante fortune personnelle dans l'institution, avaient régulièrement renouvelé leur confiance en cet homme de quarante-deux ans, réputé pour garder son calme en toutes circonstances. Sa femme était morte plusieurs années auparavant, et il vivait seul avec sa fille Angela dans un appartement de la vaste bâtisse. On lui reconnaissait, en plus de ses qualités d'administrateur, la faculté de porter un regard juste et bienveillant sur les garçons qui lui étaient confiés. Par vocation, *L'Oiseau Blanc* n'avait jamais accueilli que des jeunes orphelins âgés de huit à quatorze ans. Une période de la vie décisive selon le directeur, qui se plaisait à répéter à qui voulait l'entendre que « c'est à cet âge qu'ils sont malléables, c'est là que

1. Quartier au nord-est de Londres.

tout se construit, tout se forge ». En cela, il était dans la lignée du fondateur de l'école. Sur la façade de l'institut, au-dessus du nom du juge Matthews, on pouvait lire en lettres dorées ces mots qu'il avait prononcés le jour de l'inauguration :

Enfant des rues, enfant perdu,
Voici ton foyer, ton refuge.
Ici, point d'abandon, point de refus,
De l'éducation naîtra ton salut.

Le carillon de la grille d'entrée n'annonçait presque jamais de visiteur en début d'après-midi. Les jours de beau temps, les jeunes pensionnaires déjeunaient rapidement d'un sandwich au bacon et au fromage ou d'un beignet à la tomate et au poulet. Ensuite, ils se retrouvaient dans leurs dortoirs pour disserter de mille sujets, ou dans le parc pour une promenade, avant les activités de la deuxième partie de journée. Aussi, Mrs Hereford, la gardienne, sursauta-t-elle lorsque, ce premier vendredi d'octobre, celui-ci tinta vivement et la sortit de l'assoupissement dans lequel elle s'était figée. C'était une femme d'une cinquantaine d'années maigrelette au dos voûté et aux cheveux gris coiffés en chignon. Elle réajusta ses lorgnons et se dirigea d'un pas lourd vers la grille en grommelant, puis souleva le loquet pour ouvrir à l'impertinent qui avait écourté sa sieste.

Deux silhouettes se détachèrent dans l'embrasure et la gardienne découvrit le visage des visiteurs : un homme jovial coiffé d'un chapeau melon, dont le costume sombre mal taillé cachait maladroitement un certain embonpoint ; à ses côtés se trouvait un garçon à l'expression taciturne, qui gardait les mains dans les poches.

— Mrs Hereford ! Comment allez-vous, ma chère ? s'exclama aussitôt l'homme en ôtant son couvre-chef et en s'inclinant légèrement.

— Cela irait bien mieux si vous nous aviez annoncé à l'avance votre venue, monsieur Perky, répondit la femme aux cheveux gris en soupirant.

Feignant de ne pas avoir entendu la remarque de la gardienne, l'homme annonça l'objet de sa visite :

— Il est urgent que je voie le directeur Michael Kindman... C'est au sujet du jeune homme qui m'accompagne.

— Faites, faites, fit la gardienne indiquant d'un geste las le bureau du directeur de l'institut. Vous connaissez le chemin, inutile que je vous accompagne.

Elle ferma alors le portail avant de s'éloigner vers sa loge en maugréant. Elle avait l'habitude que cet enquiquineur de l'assistance publique vienne systématiquement à une heure impromptue accompagner un orphelin que la justice avait décidé de placer.

Replaçant son couvre-chef, le dénommé Philemon Perky lança assez fort pour qu'elle entende :

— Très bonne fin de journée également, Mrs Hereford !

Puis, sans attendre une réponse qui ne viendrait pas, il se tourna vers le garçon.

— Suis-moi, et ne crains rien. Ici, tu vas être entre de bonnes mains.

Chapitre 1

Après avoir arpenté l'allée qui menait au grand bâtiment blanc avec une mauvaise volonté évidente, le garçon gravit les larges marches du perron et pénétra dans le hall de l'institut. Un grand escalier en chêne permettait d'accéder aux étages. Sur la gauche, un couloir conduisait il ne savait où. Sur la droite, une double porte en bois tranchait avec la blancheur immaculée des murs. Il suivit Philemon Perky jusqu'au bureau du directeur qui se trouvait au bout d'un autre couloir, en partie dissimulé par le grand escalier.

Michael Kindman était concentré dans la lecture d'un article en première page du *Daily Telegraph*[1], barré du titre accrocheur *Panique au tribunal : le jeune meurtrier prend la fuite*. Un pli soucieux barrait son front. On frappa à sa porte.

— Oui ?

— Michael ! clama Perky en entrant avant qu'on l'y invite.

— Philemon ! Quel bon vent t'amène ? fit l'homme, vêtu d'une chemisette bleu clair et d'un pantalon en lin, en se levant de son lourd fauteuil de cuir pour accueillir son visiteur.

Puis, posant les yeux vers celui qui se tenait deux pas derrière, il ajouta :

— Hum… je vois… Comment te nommes-tu, jeune homme ?

Mais aucun son ne sortit de la bouche de l'enfant qui semblait bien décidé à conserver son air renfrogné.

— Eh bien ! Est-il toujours aussi silencieux, mon cher Philemon ?

---

1. Quotidien de Londres au XIXe siècle.

— Je crains qu'il soit peu loquace, en effet, Michael ! répondit Perky en souriant.

Le directeur prit un air faussement ennuyé et après une longue inspiration, il se hasarda :

— Sans doute ce jeune homme a-t-il perdu sa langue…

Aussitôt, le garçon fit une grimace en prenant bien soin de laisser le temps d'admirer le spectacle de sa langue toute rose entre ses dents.

— Voilà qui est déjà ça ! Il ne reste qu'à t'en servir, à bon escient cela va de soi. Pour ma part, je me nomme Michael Kindman et je dirige cette institution, reprit-il en tendant la main droite.

Il avait choisi de ne pas se formaliser de cette entame inappropriée. *Mieux valait utiliser la manière douce pour apprivoiser l'enfant*, se dit-il.

Ce dernier plissa ses grands yeux verts en posant son regard sur l'homme pour le jauger, puis inclina légèrement la tête avant de serrer finalement la main tendue et de glisser sur un ton détaché :

— Moi, c'est Peter Hawkson.

Philemon Perky fila une légère bourrade au garçon en désignant de l'œil le couvre-chef qu'il portait. Peter ôta sa casquette et découvrit d'épais cheveux bruns qui ondulaient doucement sur son front.

— Eh bien, Peter, enchanté de faire ta connaissance. Tu sembles avoir un talent pour les grimaces mais je ne doute pas que tu en aies bien d'autres. Nous ferons de notre mieux pour les révéler, ici, à *L'Oiseau Blanc.*

Peter leva les yeux au plafond, faisant mine de chercher quelque chose. Puis, il courut à la fenêtre du bureau, qui donnait sur le parc, et se mit à scruter les arbres et le ciel.

Chapitre 1

Les deux hommes observèrent son manège avec un certain amusement avant que le directeur ne reprenne la parole :

— Si c'est un oiseau blanc que tu cherches, mon jeune ami, tu l'as pourtant sous les yeux !

— Je vous interdis de vous moquer de moi ! s'exclama vivement Peter en lui adressant un regard noir.

— Voyons, je ne me moque pas, crois-moi, reprit-il posément. *L'Oiseau Blanc* est le nom de cet institut, ta maison à présent. « Blanc » comme la couleur de ses murs et « Oiseau » car c'est de là que nos jeunes protégés prennent, en quelque sorte, leur envol vers leur vie d'adulte, après quelques années passées ici, et…

Mais le garçon interrompit le directeur, avec une moue dégoûtée :

— Jamais je ne grandirai ! Les adultes que je connais ne sont que des menteurs et des bons à rien !

Philemon Perky, interloqué, s'agrippait à son chapeau melon comme un enfant à son jouet préféré. Mal à l'aise d'être témoin d'une situation qu'il avait involontairement provoquée, il en avait perdu son sourire et marmonna d'un ton désolé :

— Michael, peut-être ce jeune homme n'est-il point une bonne recrue pour…

— Non, Philemon, le coupa le directeur d'une voix ferme. Ce serait trahir nos valeurs et notre devise que renoncer. Nous prendrons le temps qu'il faut, c'est tout.

Un air de flûte se fit alors entendre au-dehors. Poussé par la curiosité, Peter retourna à la fenêtre ; un garçonnet d'une dizaine d'années aux cheveux blonds jouait de son pipeau en louvoyant dans les allées du parc. La musique qui sortait de son instrument était étonnamment en harmonie avec les chants des oiseaux qu'on entendait siffler, dissimulés dans les arbres dont le feuillage virait au roux au fil des jours. Lorsque le joueur de flûte s'engagea dans un sentier plus sombre du petit bois, Peter le perdit de vue et le son de l'instrument s'estompa brutalement.

Il se dirigea vers la porte et comme il posait les doigts sur le bouton de porcelaine, Michael Kindman s'exclama :

— Attends !

Il se tourna vers les deux hommes qui le regardaient d'un air perplexe. Et après quelques secondes de silence :

— S'il… s'il vous plaît ! se força-t-il à prononcer.

— Va mon garçon, mais ne t'éloigne pas trop, recommanda le directeur avec un signe d'assentiment. J'ai des présentations à te faire.

Peter franchit la porte du bureau à toute allure et on l'entendit bientôt dévaler les marches de l'escalier du perron.

Après un léger toussotement, Philemon Perky fut le premier à rompre le silence :

— Il est un peu sauvage, n'est-il pas ?

— Il est comme les autres, répliqua Michael Kindman. Il ne demande qu'à être éduqué. Sans doute a-t-il vécu quelques rudes épreuves avant d'arriver ici, mon bon Philemon.

L'homme au chapeau melon fit un signe d'approbation. Rien de plus normal : c'était le lot de nombre des enfants que l'institut accueillait. Il sortit une enveloppe cachetée de la poche intérieure de sa veste et la lui tendit avec ces mots :

Chapitre 1

— Vous ne croyez pas si bien dire, Michael.

Le directeur de *L'Oiseau Blanc* décacheta l'enveloppe et en ôta une lettre manuscrite du juge Matthews qu'il parcourut rapidement en hochant la tête. Changeant de sujet, il montra du regard le journal posé sur son bureau.

— Sale affaire, dites-moi. Comment ce garçon qui en a égorgé un autre a-t-il pu filer du tribunal aussi facilement ?

L'officier d'assistance publique fit tourner avec une pointe de contrariété son chapeau melon entre ses doigts. Il était sur place lorsque les faits s'étaient déroulés la veille.

— Il y a que, au moment où le juge Matthews a rendu son verdict, une sorte de fièvre s'est emparée de la populace qui s'était amassée dans la salle. Vous savez, pour la plupart de nos concitoyens, un meurtrier ne mérite qu'une peine identique à celle qu'il a fait subir à sa victime, même s'il n'est encore qu'un enfant.

Michael Kindman acquiesça. Tous les deux faisaient partie de ces rares hommes qui pensaient que l'humanité se devait d'abroger définitivement le principe *œil pour œil, dent pour dent*[1]. Philemon Perky continua :

— Le fait que ce John Jarvis ne soit pas condamné à la peine capitale mais simplement à quelques années de bagne, cela a provoqué un mouvement de protestation dans la foule. Ils étaient trop nombreux pour les policiers qui se sont fait déborder et le malin en a profité pour se faufiler à l'extérieur. Des gens ont tenté de le poursuivre,

1. Selon l'ancienne loi du talion qui défend le principe qu'un criminel doit subir la même peine que sa victime, d'où l'expression célèbre « Œil pour œil, dent pour dent ».

bien décidés à le lyncher, mais le bougre courait trop vite pour eux.

— Encore un qui connaît l'*East End* comme sa poche, commenta Michael Kindman. Cependant, il y a autre chose qui m'inquiète à son propos…

Philemon Perky haussa les sourcils.

— Son jeune frère est dans nos murs. On nous l'a confié le mois dernier…

Chapitre 2

Essoufflé, Peter avait parcouru d'une traite la cinquantaine de mètres qui le séparait de l'orée du petit bois où il avait vu disparaître le joueur de flûte. Il avança parmi les hêtres, les frênes et les noisetiers qui se fondaient parmi de grands chênes qui dominaient l'ensemble. Ils paraissaient avoir été plantés là il y a des centaines d'années. Au passage, le garçon ramassa quelques châtaignes qu'il fit tourner entre ses doigts avec une dextérité certaine. C'est alors qu'il entendit des cris un peu plus loin sur le sentier. Quelques enjambées lui suffirent pour atteindre une clairière à un croisement. Peter ouvrit les yeux avec stupéfaction : un garçon au teint pâle et aux cheveux noirs comme le jais balançait sournoisement l'instrument sous le nez de son propriétaire. Un autre gamin trapu et au large cou enserrait leur victime entre ses bras puissants pour la maintenir immobile ; un troisième larron, au front particulièrement saillant, en simple spectateur, souriait bêtement devant cette scène.

Le regard de Peter s'assombrit. Il fit quelques pas en direction du groupe tout en glissant imperceptiblement sa main gauche dans la poche de sa veste en velours aux cottes grossières. Ses doigts effleurèrent un objet en bois. Ses mots fusèrent :

— Laissez-le, bande de lâches !

Le temps sembla se figer alors que toutes les paires d'yeux se tournaient vers lui. Celui qui tenait la flûte lui lança alors :

— Qui tu es, toi ? Et puis, d'abord, mêle-toi de ce qui te regarde !

— Laissez-le, ou bien…

— Ou bien quoi ? s'exclama le garçon, provoquant le ricanement de ses deux acolytes.

Peter ressortit la main de sa poche. Elle tenait un lance-pierre artisanal qu'il avait lui-même fabriqué en le taillant dans un morceau de bois. Il inséra promptement l'une des châtaignes qu'il avait ramassées quelques minutes plus tôt dans un support en cuir et tira fermement sur l'élastique pour le diriger vers le groupe. L'autre semblait mener une intense réflexion. Finalement, il éclata d'un rire forcé et prit ses acolytes à témoin.

— Hé, il croit nous impressionner avec son jouet !

À peine eut-il terminé sa phrase que le projectile jaillit du lance-pierre de Peter pour aller finir sa course sur deux phalanges de la main droite du garçon costaud qui emprisonnait de ses bras le joueur de flûte. Celui-ci poussa un cri de douleur et lâcha aussitôt sa victime en frottant ses doigts meurtris.

Le garçon aux cheveux de jais, d'abord interloqué, reprit ses esprits et siffla en serrant les poings :

— Qu'est-ce que tu as fait à Bullit ? Tu es fou de t'en prendre à nous ! Tu vas me le payer, foi d'Eddy Squeeler !

Il s'avança d'un air menaçant. Mais Peter avait déjà réarmé et pointait à présent avec détermination son lance-pierre en direction de ce dernier. L'autre eut un mouvement d'hésitation. Il se tourna vers ses compères.

— Venez les gars, laissons ces deux-là. Nous avons mieux à faire.

Puis il ajouta d'un air narquois :

— Mais d'abord on va rendre son os au « toutou » !

Et, en ricanant, il balança dans des fourrés l'instrument dérobé avant de s'enfoncer plus loin dans le bois. On n'entendit bientôt plus que le geignement étouffé de Bullit. Peter attendit qu'ils soient tout à fait hors de vue pour abaisser son lance-pierre. Puis il s'avança vers l'enfant qui était resté à terre et qui le regarda approcher sans bouger, prostré. C'était un garçon chétif qui portait, en couronne autour de son visage aux traits fins, des cheveux blonds nantis d'épis tenaces. Pour l'aider à se relever, Peter tendit une main à laquelle le garçonnet s'agrippa. Il leva ses yeux bleu pâle remplis de gratitude vers celui qui était venu à son secours et murmura :

— Merci. Je suis James Jarvis. Mais tout le monde m'appelle Jimmy.

— Peter, répondit-il simplement en guise de présentation. On dirait bien que je suis arrivé à point nommé ! nota-t-il en souriant. Dis-moi, qui sont ces gars et pourquoi ils s'en sont pris à toi ?

— C'est Squeeler et sa bande, ce gros tas de Bullit et ce stupide Lardon. Tous les trois, ils terrorisent tout le monde ici…

— Bullit, Lardon ? Ce sont des drôles de noms, dis-moi ! s'amusa Peter.

— En fait, leurs véritables noms sont Billy Butt et Tom Dullard. C'est Squeeler qui les a affublés de ces sobriquets, Bullit à cause de son cou épais comme celui d'un bull-terrier et Lardon parce qu'il est aussi bête qu'un cochon, si tu vois ce que je veux dire, répondit l'enfant.

Tout à coup, une vague inquiétude le saisit :

— Ma flûte !

— Attends, je vais t'aider à la retrouver !

Et les deux enfants se mirent en quête de l'instrument à quatre pattes dans les fourrés. Mais les sous-bois pouvaient se révéler un milieu hostile, comme l'apprit Peter à ses dépens.

— Aïe ! Ouille ! Satanées ronces ! rugit-il en retirant ses mains brusquement.

Mais reprenant sa recherche plus prudemment, sa persévérance paya bientôt.

— Ça y est ! Je l'ai ! s'écria-t-il, en brandissant triomphalement l'objet convoité. Tiens, je te la rends. Tu joues très bien. J'ai bien aimé t'entendre tout à l'heure.

— Merci, fit Jimmy en glissant l'objet muni d'une cordelette autour de son cou. Tu sais, j'ai appris en essayant d'imiter le chant des oiseaux. Si tu prends le temps de l'écouter, la nature peut t'apprendre un tas de choses.

Peter sourit. Le discours de ce gamin était peu commun.

— C'est vrai, tu as sans doute raison.

— Au fait, tu es nouveau ici ?

— Faut croire…

Il éluda la suite. Il ne voulait pas trop se livrer pour le moment. Il convenait d'observer et d'attendre. L'autre lança d'un ton enjoué :

— Si tu veux, je te sers de guide. Suis-moi et prends garde où tu mets les pieds !

Alors que les deux garçons reprenaient le chemin en direction de l'institut, Peter s'enquit :

— Et toi, ça fait longtemps que tu es là ?

— Ça fait quelques semaines, répondit Jimmy. C'est le juge Matthews qui m'a placé ici, après l'affaire avec mon frère.

Peter avait lui aussi été confronté au magistrat. Un homme impressionnant, doté de bacchantes et d'une barbe grisonnante. Mais il croyait en son projet d'école pour gamins des rues, c'est pourquoi il l'avait envoyé ici lui aussi. Il demanda :

— Tu as un frère ?

Le visage du jeune joueur de flûte s'assombrit.

— John a quinze ans. On l'a mis en prison et il risque la corde. Il a égorgé un gosse, tu comprends ?

Peter acquiesça. Chaque gamin qui vivait ici devait faire avec son histoire douloureuse.

— Mon grand frère n'a pas un mauvais fond. Mais toutes ces années passées à *Wapping*[1] l'ont rendu différent, soupira Jimmy. Il a toujours pris soin de moi. Je suis triste de ce qui lui arrive, mais peut-être, c'est mieux comme ça, conclut-il d'un air résigné.

Il faut dire que ce quartier des docks dont parlait le jeune Jimmy Jarvis était réputé pour être particulièrement

1. Quartier de Londres, au bord de la Tamise.

malfamé. En journée, une trêve relative régnait pour la nombreuse populace qui le constituait, chacun vaquant à des occupations plus ou moins malhonnêtes. Le soir, quand le brouillard dissimulait la fange, les bagarres entre marins quittant les tavernes, imbibés de mauvais alcool, se terminaient souvent au couteau et les règlements de compte entre bandes rivales étaient fréquents. C'est là que les jeunes pickpockets de la capitale y trouvaient matière à une formation de tout premier ordre. Des gosses de cinq ou six ans étaient déjà sous la coupe de maquignons qui leur faisaient arpenter les rues pour glisser leurs pognes dans les poches des bourgeois. Quant aux filles, les plus chanceuses trouvaient une place comme serveuse dans une taverne ou comme blanchisseuse, quand d'autres vendaient leur vertu pour quelques shillings afin de subvenir à leurs besoins. Les deux enfants Jarvis étaient de ceux qu'on appelait des graines de femme de mauvaise vie. S'ils étaient frères, c'est qu'ils avaient eu la même mère. Pour ce qui était des géniteurs, le choix était trop vaste pour que prospecter en vaille la peine.

Ainsi Peter partit à la découverte de *L'Oiseau Blanc* avec ce nouveau compagnon. S'il avait pu choisir, sans doute aurait-il pris la poudre d'escampette plutôt que de se retrouver enfermé dans cette cage mais sa rencontre avec ce curieux garçon avait un peu changé sa façon de voir les choses. *Patience*, se disait-il, *il sera bien temps de filer en douce*. Et cette fois, on ne l'attraperait pas.

Une légère brise agita les feuilles des arbres. Dissimulées entre celles d'un grand châtaignier, deux intruses n'avaient rien raté de la scène. Un curieux tintement à peine perceptible émanait des deux êtres qui semblaient mener une conversation codée de la plus haute importance.

— Voilà celui que nous cherchons.

— Lequel ?

— Le plus grand des deux.

— Pourquoi pas le petit aussi ? Il siffle si bien…

— Egon nous a dit de n'en amener qu'un seul, tu le sais.

— Une autre fois, alors ?

— Chut !

Soudain, les oiseaux s'étaient tus. Le ciel s'assombrit et un craquement se fit entendre sous les arbres. Les deux êtres communiquèrent par quelques gestes brefs avant de fondre avec vivacité dans le feuillage.

Chapitre 3

La visite de *L'Oiseau Blanc* avait tourné court pour Peter. En effet, en entrant dans le hall, la grande horloge avait sonné deux fois et Jimmy Jarvis avait dû le quitter pour son cours de sciences du vendredi après-midi. Durant ce temps, Peter avait été pris en charge par Matrone Beth, une grosse femme à l'aspect autoritaire qui tenait à la fois les fonctions d'intendante et celles d'infirmière de l'école. Le rituel était semblable pour chaque nouveau venu. Il passait d'abord entre ses mains expertes en épouillage, puis il s'agissait de le débarrasser au savon noir et à la brosse de la crasse qui infiltrait les pores de sa peau dans un baquet d'eau fumante dont la couleur brunissait généralement en quelques minutes.

La Matrone l'avait détaillé de son œil averti.

— Tu as quel âge, mon garçon ?

— Douze ans, depuis la semaine dernière.

— Eh bien, je t'en aurais donné à peine dix ! Tu n'es pas bien grand pour ton âge…

Peter avait l'habitude de ce type de remarque, son physique fluet, voire un brin gringalet, pouvait parfois le faire passer pour plus jeune qu'il n'était. Mais sa constitution était plus solide qu'il n'y paraissait et son agilité l'avait tiré de bien des situations fâcheuses. Aussi répondit-il à ce commentaire, avec un air de défi :

— Ça me va ! La force ne réside pas que dans la taille.

La grosse femme ne releva pas et tendit une serviette à Peter qui émergeait du bain.

— Sèche-toi donc, intima-t-elle en guise de réponse. Je reviens.

Elle se rendit à la lingerie afin de procurer au nouvel arrivant les vêtements qui lui seraient nécessaires pour sa vie quotidienne dans l'institut : deux uniformes vert foncé en tout point identiques – chemise, culotte courte, paire de chaussettes –, une casquette assortie, une paire de souliers noirs neufs, un blazer, deux pyjamas blancs à fins liserés vert d'eau, trois sous-vêtements et, enfin, une brosse à dents en poils de blaireau. La bonne hygiène était en effet l'un des préceptes éducatifs de l'école.

À son retour, la grosse femme flanqua tout cela dans les bras de Peter, qui avait entrepris de remettre ses vieux vêtements.

— Laisse donc là tes guenilles, tu as de quoi t'habiller de propre à présent.

Peter obtempéra puis, une fois cela fait, elle l'invita à le suivre.

Les dortoirs étaient, comme toutes les pièces de l'orphelinat, agencés sans fioritures mais de la manière la plus pratique qui soit. Ils se répartissaient sur le deuxième étage du bâtiment principal, le premier étage étant dévolu aux salles de classe et le dernier palier donnant sur les appartements des membres du personnel de *L'Oiseau Blanc*. Seuls la gardienne Mrs Hereford et son époux Howard, qui se consacrait à l'entretien du parc et qui instruisait les enfants dans le domaine du jardinage et de la culture aromatique, habitaient dans une annexe, une toute petite maisonnette située près de l'entrée du domaine.

Peter suivit Matrone Beth jusqu'au deuxième étage ; en y pénétrant, elle lui expliqua sans qu'il le demande qu'on y trouvait à droite les dortoirs des « petits » et les sanitaires, à gauche ceux des « grands ». Elle entendait par « petits » les orphelins âgés de huit à dix ans, au-delà, on était dans la seconde catégorie.

Il y avait six dortoirs à l'étage. Chacun d'eux, en tout point identiques, était constitué de huit lits individuels qui se faisaient face quatre par quatre, d'autant de chevets en bois clair sur chacun desquels trônait une chandelle. Deux armoires massives assorties encadraient la grande fenêtre au fond de la pièce. Elles étaient manifestement communes à la chambrée et ainsi se terminait l'ameublement sommaire.

Elle lui fit d'autres recommandations que le jeune garçon écouta d'une oreille distraite puis elle le laissa seul dans le dortoir qui se trouvait tout au bout du couloir en lui indiquant :

— Ton lit est au fond, près de la fenêtre. Monsieur le directeur, à qui la bonté nuira un jour, a pensé que tu aimerais qu'on t'attribue la même chambre que le p'tit Jimmy Jarvis, avec qui on t'a vu traîner. Et comme il restait une place… Mais je te préviens, Matrone Beth peut tout voir, même la nuit. Et les petits nouveaux, je les ai à l'œil ! Compris ?

— Oui, Matrone Beth, répondit Peter avec une déférence teintée d'ironie.

Il songea au surnom que les enfants lui donnaient ici si on en croyait ce que lui avait raconté un peu plus tôt Jimmy : « la Hulotte », en référence à la phrase qu'elle venait de prononcer et qu'elle répétait invariablement à chaque nouveau venu.

— Bien. Le dîner est à dix-huit heures trente précises. Tâche d'être présentable et trouve donc une place pour tout cela, ordonna-t-elle en montrant de l'œil le paquetage de vêtements du jeune pensionnaire.

Des pas rapides résonnèrent dans le couloir et un adolescent longiligne parut alors, tout essoufflé, dans l'encadrement de la porte.

— Matrone Beth, Monsieur le directeur m'a demandé de monter pour le nouveau…

Peter vit pour la première fois la grosse femme esquisser ce qui ressemblait à un sourire.

— Noah ! Entre, mon garçon. Voici le p'tit Peter Hawkson qui va partager ta chambrée. Je te fais confiance pour le faire filer droit.

Sur ce, elle quitta la pièce de son pas lourd en marmonnant quelques mots incompréhensibles. Le grand échalas s'approcha de Peter et lui dit sur un ton amusé :

— N'aie crainte, la Hulotte paraît un peu rustre et si elle peut nous ficher quelques coups de bec parfois, elle a bon cœur au fond. Je suis Noah Pikkering, poursuivit-il, le major de ce dortoir et à ce titre, je dois veiller à ce que ton intégration chez nous se passe pour le mieux.

CHAPITRE 3

Comme dans bien d'autres écoles d'Angleterre, *L'Oiseau Blanc* avait décerné des fonctions aux enfants les plus méritants, souvent choisis parmi les plus âgés. Ils avaient notamment des responsabilités sur leurs jeunes compagnons et se devaient d'être un exemple.

Noah ouvrit l'un des placards.

— Tiens, tu peux ranger tes vêtements sur cette étagère, proposa-t-il en lui affectant une place vide. Nous sommes huit à partager ce dortoir. Tu dormiras à côté de Jimmy et en face, il y a les frères Fisher. Moi, j'occupe le lit près de la porte. Puis il y a Charlie Wills, Jake Pettyjohn et Remus Beauchamp, ajouta-t-il en désignant l'un après l'autre les couchages du doigt. Mais, tu feras leur connaissance plus tard !

Le major Noah était un garçon loquace. Il parlait pour deux, ce qui arrangeait bien Peter. Une cloche sonna, annonçant l'heure du dîner. Le major Noah l'entraîna à sa suite vers la salle du réfectoire. Peter soupira en pensant qu'il allait détester ce moment où toutes les paires d'yeux seraient braquées sur lui.

Pendant ce temps, debout devant le bureau du directeur, Matrone Beth laissait échapper une exclamation en levant les bras au ciel :

— Par tous les yeux des caliborgnes ! Fugueur, voleur, pyromane ! Vous avez perdu l'esprit, Michael ! Ce garnement devrait être en maison de redressement, pour sûr. Déjà que nous avons fort à faire avec ce gredin d'Eddy Squeeler…

— Je comprends, Elisabeth, coupa Michael Kindman, mais vous savez comme moi que le juge Matthews a pris cette décision. Je n'avais pas d'autre alternative que celle d'accueillir le jeune Hawkson entre nos murs. D'ailleurs, il me précise bien à la fin de sa lettre, ajoute-t-il en brandissant l'écrit du magistrat, que « des circonstances particulières permettent d'offrir à cet enfant une seconde chance. Je sais pouvoir compter sur les admirables qualités et le dévouement des personnels de votre école pour réussir à remettre ce garçon sur le droit chemin. »

Faisant fi des mots prononcés par le directeur, la grosse femme croisa les bras sur son opulente poitrine et protesta :

— Il a déjà envoyé Billy Butt à l'infirmerie tout à l'heure. Il avait sur le doigt un hématome gros comme un œuf de caille, expliqua-t-elle en simulant une forme arrondie entre son index et son pouce. C'est de la mauvaise graine, Michael, pour sûr !

Michael Kindman tapota sur son bureau en signe d'impatience :

— J'aurai une conversation avec lui à ce sujet, Elisabeth, croyez-moi. À présent cette discussion est close, nous jugerons si ce garçon en valait la peine dans les prochaines semaines.

— Fort bien.

Matrone Beth cessa alors toute argumentation vaine. Elle estimait beaucoup le directeur de l'institut, et celui-ci lui rendait cette confiance en s'appuyant sur elle en toutes circonstances. Quant à Peter, s'il était la cible de sa mauvaise humeur, c'est qu'il représentait un élément susceptible de mettre à mal la sérénité de *L'Oiseau Blanc*. Et, au fond, c'est bien ce qui lui importait le plus. Elle était convaincue par les principes mis en place dans les écoles d'éducation morale mais considérait par ailleurs que certaines fripouilles sorties des rues étaient irrécupérables.

Michael Kindman la héla alors qu'elle s'apprêtait à sortir.

— Elisabeth...

Elle tourna la tête.

— Pas un mot à quiconque, bien sûr.

— Je serai muette comme une tombe, Michael.

Une fois qu'elle eut quitté la pièce, ce dernier songea qu'il n'avait pas eu le courage de lui faire part de l'autre sujet qui le préoccupait. Matrone Beth était plus fragile qu'elle ne voulait l'admettre et il avait jugé préférable de la préserver. Cependant, il s'inquiétait pour le petit Jimmy Jarvis. Le fait que son frère John allait se trouver cette nuit et peut-être les jours qui venaient dans la nature ne lui disait rien qui vaille.

Chapitre 4

L'endroit où les pensionnaires prenaient les repas se situait au rez-de-chaussée. De larges panneaux de lambris de bois couvraient les murs, des appliques murales en fer forgé donnaient à cette salle l'apparence d'un intérieur bourgeois. Du reste, c'était l'une des rares pièces de l'école qui avait bénéficié d'une restauration récente. Un joyeux brouhaha y régnait : aux exclamations des plus jeunes répondaient en écho les rires des plus grands. Accompagné de Noah Pikkering, Peter observait la dizaine de tablées qui occupait l'espace. Les orphelins de l'institut affichaient des mines plutôt réjouies, dans l'attente du repas. À chaque table, l'un des garçons arborait, cousu sur la veste au niveau du cœur, un grand M doré identique à celui que Peter avait repéré sur celle du major Noah. Il se demandait quelle place serait la sienne dans ces groupes où chacun semblait à l'unisson des autres quand une voix familière retentit, à travers la cacophonie :

— Peter !

C'était Jimmy qui lui indiquait un espace vide sur le banc à ses côtés. Après l'avoir rejoint, celui-ci fit les présentations ; les tables étaient de composition comparable à celles des dortoirs.

— Les gars, dit-il en s'adressant à deux parfaits jumeaux assis en face d'eux, voici mon ami Peter !

Ce dernier songea que, s'il admettait volontiers ne pas savoir bien définir la notion d'amitié, l'usage de ce terme paraissait alors bien excessif pour deux personnes qui ne se connaissaient pas encore la veille. Néanmoins, il laissa dire et se poursuivre les présentations.

— Salut, je suis Sam Fisher, nous avons beaucoup entendu parler de ton exploit cet après-midi, mon frère et moi, dit le premier garçon, qui avait des cheveux châtains et des yeux noisette rieurs.

— Moi, c'est Owen. En effet, il faut être sacrément courageux pour se frotter à la bande d'Eddy Squeeler ! ajouta son frère.

— Tu vois, tu es déjà une célébrité ! lui dit Jimmy, avec une tape amicale sur l'épaule.

Peter eut un sourire gêné à la remarque. Il observa que le garçon portait toujours sa flûte autour du cou, tel un talisman.

À un autre bout de la table, le major Noah Pikkering s'était installé auprès de quatre pensionnaires que Peter supposa être les autres compagnons de chambrée. Il y avait là Charlie Wills et Jake Pettyjohn, deux enfants d'une dizaine d'années. Le premier, un rouquin au visage couvert de taches de rousseur, était aussi élancé que le second, un garçon au teint mat et aux yeux sombres, était râblé. Remus Beauchamp, quant à lui, était un garçon à l'expression douce mais avait un physique imposant pour ses treize printemps.

Tout ce beau monde voulait évidemment en savoir davantage sur le nouvel arrivant. Les questions fusèrent sur son quartier d'origine – la plupart n'avaient connu que Londres –, s'il avait encore de la famille, s'il savait jouer au cricket et quel poste il aimait le plus. Peter prit le parti d'éluder, non sans un brin de malice.

— Je suis d'ici aujourd'hui. Hier, j'étais d'ailleurs et demain, d'où serai-je ? Je suis sans famille et heureux de l'être, sans corde au cou, libre comme l'air, décréta-t-il d'un air mystérieux qui fascina les autres orphelins. Pour ce qui est du cricket…

Mais subitement le silence se fit. Le directeur et les enseignants de l'institut pénétrèrent dans la salle et s'installèrent à une table qui leur était réservée, un peu à l'écart de celles de leurs élèves. Seul Michael Kindman resta debout. Il se racla la gorge comme s'il allait faire un long discours mais se contenta d'annoncer d'une voix forte :

— Mes chers enfants, aujourd'hui nous accueillons un nouveau venu à *L'Oiseau Blanc*. Il se nomme Peter Hawkson, dit-il en désignant du regard la tablée où se trouvait l'enfant.

Tous les visages se tournèrent vers Peter, mal à l'aise de se sentir ainsi détaillé. Le directeur mit fin aux murmures qui commençaient à créer un bourdonnement dans la salle du réfectoire.

— Mon garçon, veux-tu bien t'approcher ?

Peter s'exécuta, s'efforçant de ne pas rougir et de braver les regards posés sur lui. Quelques ricanements montèrent du côté d'une tablée sur la gauche parmi laquelle il reconnut les trois garçons à qui il avait eu affaire dans le petit bois.

— Nous avons une tradition pour tout nouvel arrivant à *L'Oiseau Blanc*, expliqua Michael Kindman, en posant sur son épaule une main paternelle.

Il lui tendit alors un étui en cuir grossier. L'enfant en ôta le lacet et en sortit un porte-plume en bois clair muni d'un bec de plume en acier.

— Mais, je... balbutia Peter, confus.

— Tu apprendras, n'aie crainte, lui assura Michael Kindman qui comprit qu'il ne savait probablement ni lire ni écrire, avant de lui glisser tout bas : Rejoins-moi dans mon bureau après le repas, il y a deux ou trois choses dont j'aimerais que nous parlions... tranquillement.

Le directeur n'en dit pas davantage. D'un geste il indiqua à Peter qu'il pouvait à présent regagner sa place. Au passage, ce dernier ne put s'empêcher de croiser le regard belliqueux de Squeeler. Ils se toisèrent un instant jusqu'à ce que le garçon aux cheveux de jais détourne la tête en arborant un sourire narquois.

Le tintement d'une clochette se fit entendre. Aussitôt, les tables furent garnies par le plat préparé par Mrs Hereford : le fumet d'un *roast gammon*[1] accompagné de pommes bouillies envahit la pièce. Les majors se chargèrent de la répartition des portions à leurs tablées respectives. La viande était un peu trop cuite mais savoureuse. Les pensionnaires mangeaient avec appétit.

— Tu verras, on mange à notre faim, ici, dit Jimmy à Peter, la bouche pleine.

---

1. Morceau de porc rôti.

Chapitre 4

Les orphelins bénéficiaient en effet de deux repas par jour en plus du petit déjeuner au cours duquel une bouillie consistante leur était servie, à l'exception du dimanche où la collation était constituée d'un verre de lait au cacao, de pain noir, de beurre et de marmelade. Cela changeait de la vie de crève-la-faim des gamins des rues.

Durant le repas, Peter en apprit davantage sur le fonctionnement de l'orphelinat : les cours avaient lieu du lundi au samedi selon un rythme immuable, trois heures le matin juste après les exercices de gymnastique dirigés par le professeur O'Connor, deux heures l'après-midi avant que la journée se termine, en fonction des centres d'intérêt de chacun, soit par des activités horticoles, soit par la répétition de musique avec Miss Coddle – *L'Oiseau Blanc* avait comme toutes les écoles son propre orchestre. Les garçons étaient fortement incités à pratiquer un instrument, qu'il s'agisse de cuivre, de bois ou de percussions. Bien sûr, ils ne jouaient pas de la grande musique. Il s'agissait plutôt d'apprendre quelques marches militaires, ce qui avait l'avantage d'imprégner dans ces jeunes esprits un sentiment patriotique. Enfin, *un esprit sain dans un corps sain*, les orphelins apprenaient également l'art du cricket, ce qui donnait lieu en fin d'après-midi à des parties acharnées. Le dimanche, les pensionnaires étaient libres de vaquer au sein du parc, mais des excursions étaient régulièrement organisées à Greenwich, au parc Richmond et parfois même aux beaux jours jusqu'aux plages de Brighton[1]. Seuls les majors avaient l'autorisation de quitter seuls

1. Ville située en bord de mer, au sud de Londres.

ou en groupe *L'Oiseau Blanc* durant la semaine, mais ce n'était valable que pour des tâches bien déterminées. Le directeur et Matrone Beth avaient pris l'habitude, pour les responsabiliser, de leur confier un message à transmettre au nom de l'institut. Leurs sorties étaient également l'occasion de s'exercer à de petits travaux chez des artisans du quartier. Avec l'espoir, à terme, d'être embauché comme apprenti.

Les discussions allaient bon train et Peter n'avait guère besoin de s'exprimer pour les alimenter. Les autres s'en chargeaient. Le jeune garçon ne voulait pas se l'avouer vraiment, car rester sur ses gardes était devenu au fil du temps un mode de fonctionnement pour lui, mais ce simple repas convivial avec les frères Fisher et Jimmy Jarvis faisait l'effet d'une douce et rare parenthèse dans sa vie.

Un peu plus loin, à une autre table, la nouvelle recrue de l'école était au cœur de la conversation.

— On va lui faire comprendre qui est le chef ici.

Les bras croisés et avec sa morgue naturelle, Eddy Squeeler avait énoncé cette phrase comme une sentence. Bullit et Lardon acquiescèrent. Ils savaient que leur compère avait ruminé toute la fin de la journée la scène qui s'était déroulée dans le petit bois. Et Eddy détestait qu'on lui tienne tête. Dans ces cas-là, il était capable de tout. Bullit aimait inspirer la crainte aux autres, lui aussi. Servir de « gros bras » à Eddy était un rôle qui lui convenait parfaitement. Quant à Lardon, s'il s'était acoquiné avec les deux autres, c'était sans doute une manière pour lui de se protéger de leurs brimades.

Mieux valait participer aux mauvais coups avec eux plutôt qu'en être victime. C'est ce qu'il pensait. Et puis, ses deux compagnons admiraient la façon d'être d'Eddy, son charisme naturel.

— Les gars, je crois que j'ai une idée, finit par ajouter ce dernier. Et là, on ne lui laissera pas le temps de sortir quoi que ce soit de sa poche, je vous le promets…

Ils rirent sous cape tous les trois même si cette conversation n'échappa pas à l'oreille indiscrète de leur major, un adolescent au visage boutonneux, flanqué de lunettes aux verres épais, du nom de Theobald Lupus.

Le réfectoire s'anima comme une ruche à la fin du repas. Les majors donnèrent quelques consignes et les enfants débarrassèrent les tables. La plupart d'entre eux regagnèrent les étages et leur dortoir respectif pour un temps de veillée avant le coucher. Quelques-uns – parmi les plus indisciplinés de la semaine écoulée – étaient de corvée pour le nettoyage et la vaisselle. Mrs Hereford les houspilla pour qu'ils s'activent dans leur besogne.

De son côté, Peter se présenta comme convenu au bureau du directeur. Il ne savait que penser de l'entretien qui l'attendait. Il se méfiait de ce Michael Kindman qui était difficile à cerner. Ce dernier chercha le moyen de sonder l'esprit impénétrable de l'enfant.

— Alors, comment se sont passées tes premières heures à *L'Oiseau Blanc*, mon garçon ?

Un nœud se serra dans l'estomac de l'orphelin, ses mains se crispèrent tandis qu'il répondit d'une voix mal assurée :

— Bien…

Le directeur soupira.

— Écoute, tu n'as pas à craindre d'être honnête avec moi. Je souhaite sincèrement que tu commences ici une nouvelle vie, différente de celle que tu as vécue jusqu'à présent. Mais pour cela, il faudra que tu aies confiance en moi et dans le personnel de cette école.

— Je vous ai déjà dit ce que je pensais des… grandes personnes, répliqua Peter, avec un instant d'hésitation.

Michael Kindman se gratta l'arrière du crâne.

— Certes. J'ai entendu la répugnance que tu as exprimée et je peux comprendre que tu méprises les adultes. Le juge Matthews m'a fait part de quelques éléments de ton histoire dans un courrier, pour ne rien te cacher.

Peter baissa la tête.

— Tu n'as pas à avoir honte, mon enfant. Tu n'es ni plus ni moins que l'une de ces innombrables victimes que notre système n'est pas en mesure de protéger comme il le faudrait. C'est pour cela que des écoles comme *L'Oiseau Blanc* existent, tu comprends, pour réparer ces injustices et aider les plus fragiles.

Il laissa passer un silence, puis reprit :

— Est-ce que tu veux bien me parler de ce qu'il s'est passé avec Billy Butt ? Lui et deux de ses camarades, Tom Dullard et Eddy Squeeler, se sont plaints que tu les as menacés et agressés dans le petit bois…

Peter releva la tête et serra les poings.

— Ce sont eux les agresseurs ! Ils s'en prenaient à un petit !

— Je vois, souffla le directeur. Ce pauvre Jimmy Jarvis, je présume. Je sais que ce sont des durs à cuire.

Nous avons fort à faire avec ce petit clan depuis quelque temps mais en aucun cas nous ne tolérons la violence dans cette école. J'attends de toi que tu te conformes à cette règle à l'avenir. De ton côté, préviens-moi s'ils viennent t'ennuyer de quelque façon que ce soit, d'accord ?

Peter haussa les épaules. La conversation s'arrêta là car Michael Kindman comprit qu'il ne pourrait rien obtenir de plus de l'enfant. Il l'envoya rejoindre son dortoir.

La grosse horloge du hall de l'institut sonna huit coups. La nuit se profilait à présent quand deux étoiles semblaient avoir pris un peu d'avance et s'être détachées de la voûte céleste. Finalement, telles des lucioles filant dans le soleil couchant, elles se faufilèrent subrepticement entre les arbres de la grande bâtisse blanche dont les fenêtres s'illuminaient dans le soir.

Chapitre 5

De dix-neuf à vingt heures, les pensionnaires avaient quartier libre dans leur chambre. Les plus grands se regroupaient au sein d'un dortoir pour discuter ou jouer aux cartes. Les plus jeunes s'amusaient avec des osselets ou à faire tourner une toupie sur le parquet. D'autres avaient choisi de s'isoler et, allongés sur leur lit, se plongeaient dans les aventures d'un ouvrage emprunté dans la petite bibliothèque de l'institut. Si la plupart des orphelins ne savaient ni lire ni écrire lors de leur admission à *L'Oiseau Blanc*, quelques-uns se découvraient au fil de leur apprentissage une véritable passion pour la lecture. Les romans de Robert Ballantyne et de Frederick Marryat[1] remportaient chez ceux-là un franc succès. Certains enfants avaient des passions moins communes. Ainsi, Theobald Lupus avait comme souvent le nez plongé dans les encyclopédies d'histoire naturelle. L'intérêt de ce garçon de quatorze ans s'était

1. Auteurs anglais de romans d'aventures, populaires au XIXe siècle.

fixé sur l'étude des insectes en général et des papillons en particulier. Il s'était constitué une collection assez impressionnante de diverses bestioles trouvées au gré de ses pérégrinations dans le vaste parc de l'institut. Il les conservait soigneusement séchées et épinglées sur des petites planches de liège dans un coffre fermé à clé, près de son lit. On n'était jamais trop prudent. Surtout lorsque l'on connaissait certains de ses compagnons de chambrée ! Ses antécédents de bonne conduite avaient permis qu'on lui confère le statut de major. Certes, cela lui octroyait des privilèges mais pour le reste, il n'était pas épargné. Le revers de la médaille était de devoir veiller à maintenir la tranquillité dans le dortoir, épineuse mission avec des énergumènes revêches à toute autorité de la trempe de Lardon, Bullit et Squeeler. Les mauvais coups de ces trois garnements, il s'en était fait une raison. Et il faut bien reconnaître que cette équipe-là en aurait impressionné plus d'un. Alors, que pouvait-il bien y changer, lui, tout seul avec ses deux bras malingres qui étaient tout juste bons à manier un filet de chasse à insectes ? Il laissait faire puis, en retour, comme lié par un contrat tacite, le clan d'Eddy Squeeler lui fichait la paix.

Ceux-là, toujours en train de manigancer une sale combine ! pensa-t-il, tandis qu'il referma l'ouvrage et le reposa sur sa table de nuit en bâillant. Il avait entendu durant le repas les propos de Squeeler. D'une manière ou d'une autre, le petit nouveau avait sérieusement du souci à se faire, ne doutait pas Theobald alors qu'il observait au travers de ses profonds verres de myope les silhouettes des trois comparses en train de chuchoter dans la pénombre. Il retira ses lorgnons et les déposa dans un étui, puis souffla sur la flamme de sa bougie. En fermant les paupières, il songeait au magnifique sphinx qu'il rêvait d'ajouter un jour à sa collection de papillons de nuit. Il n'imaginait probablement pas se trouver cette nuit-là nez à nez avec un spécimen bien plus particulier…

Peter avait rejoint Jimmy et les frères Fisher jusqu'à leur dortoir commun. Il croisa au passage le major Noah entouré de Charlie et de Jake ; il maintenait ces deux derniers fermement par leur col respectif. Ils s'apprêtaient bon gré mal gré à prendre le chemin des sanitaires afin d'y accomplir leurs ablutions du soir. Le major adressa un clin d'œil à Peter.

— Tout va bien, Peter ? Dans quinze minutes, extinction des feux. Pense à te brosser les dents !

Le garçon acquiesça puis pénétra dans la chambre. Remus Beauchamp était allongé sur sa couche, près de l'entrée, plongé dans une lecture semblait-il captivante. Sam et Owen étaient assis en tailleur au bout de la pièce sur le lit de Jimmy. Les trois enfants l'invitèrent à se joindre à eux de bonne grâce. Les jumeaux étaient prolixes. Dans un flot de paroles ininterrompu, un frère alternant avec l'autre lorsque l'un d'eux éprouvait le besoin de reprendre sa respiration, ils lui parlèrent de cette mère qu'ils n'avaient pas connue car elle était morte à leur naissance. Leur père ? Une énigme. Donc ils avaient été confiés à l'assistance publique. Faute de trouver une famille d'adoption – on n'avait pas voulu séparer des jumeaux – ils avaient vécu toute leur vie dans un orphelinat, jusqu'à intégrer à l'âge de huit ans l'institut dirigé par Michael Kindman. Leur récit était raconté sans aucune commisération. Au contraire, ils dénouaient le fil de leurs jeunes vies sans souci de jugement et simplement parce que *les choses sont comme elles sont*. Quelques mots qu'ils prononcèrent d'une même voix lorsque Peter leur demanda s'ils n'étaient pas trop tristes de ne jamais avoir eu de parents.

Quant à Jimmy, il n'était présent à *L'Oiseau Blanc* que depuis quelques semaines comme il le lui avait dit dans le parc. Il révéla que sa mère avait été dans l'obligation de les confier lui et son frère John dans leur prime enfance à une tante, laquelle pour d'obscures raisons avait été contrainte à son tour de les abandonner à la rue. Il n'avait plus jamais eu de nouvelles ni de l'une ni de l'autre. Sa seule famille de ces dernières années, cela avait été finalement ce frère criminel qui était condamné au bagne.

Mais, en réalité, c'était bien vers le mystérieux Peter que se portait toute l'attention des trois garçons qui, après l'échec dans la salle de réfectoire un peu plus tôt, se perdirent en conjectures :

— À toi, raconte-nous ! D'où viens-tu ? De Londres ?

— Moi, je dirais que tu n'es ni de *Wapping*, ni de *Whitechapel*. Peut-être de *Stepney*[1]… Tu ne serais pas gallois, au moins ?

— Arrête ! Pourquoi pas irlandais tant que tu y es ?

— Hé, doucement Owen, je te rappelle que mon arrière-grand-mère maternelle était de Cork ! C'est ce que m'a toujours dit mon frère John !

— Quelle blague !… Tu ne te souviens même pas de ta mère, alors ne nous sors pas ton arbre généalogique, Jimmy !

1. Stepney et Whitechapel sont des quartiers de l'Est de Londres.

Chapitre 5

À la remarque d'Owen, le jeune joueur de flûte se renfrogna tandis que Sam poursuivit, sans se soucier davantage de cette querelle :

— Alors Peter, tu es un orphelin, comme nous ?

Les questions fusaient avec une spontanéité et une sincérité telle que Peter se laissa convaincre de faire quelques confidences à ses compagnons de chambre. Il s'assit en tailleur au centre du lit, s'éclaircit la voix et commença :

— J'ai eu une mère, et un père. Lui, je ne l'ai pas vraiment connu. C'était un marin, un aventurier. Il parcourait le monde sur un baleinier et ma mère et moi nous n'avions de ses nouvelles que rarement, jusqu'à ce qu'un jour nous n'en ayons plus du tout. J'avais trois ans.

Il s'interrompit un instant pour observer son auditoire. Les trois garçons avaient les yeux qui brillaient, attendant la suite.

— Si ma mère m'a élevé seule, reprit-il, j'ai pourtant eu beaucoup de chance. Nous habitions une grande maison, au-delà de la *Lea*[1], avec un jardin immense. Elle était domestique chez des personnes âgées, des bourgeois aisés. Ils nous avaient pris en pitié. Un matin, ma mère m'avait pris par la main et nous sommes allés frapper à leur porte. Alors, ils l'ont prise à leur service. Ils n'avaient pas de descendance directe. Ils m'ont beaucoup choyé, un peu comme l'enfant qu'ils n'ont jamais eu. J'avais une chambre à moi et des tas de jouets. Quand j'ai eu six ans, ils embauchèrent même un précepteur qui venait chaque jour pour m'apprendre des quantités de choses intéressantes.

---

1. Rivière se jetant dans la Tamise.

— Tu avais une maman… articula Owen, qui n'en revenait toujours pas.

— Le soir, poursuivit Peter, elle venait au moment du coucher, me caressait lentement les cheveux et me racontait des histoires, puis me chantait une berceuse tout doucement, jusqu'à ce que je m'endorme.

Les autres garçons l'écoutaient avec un mélange d'émerveillement et d'envie. Et puis, Jimmy fronça les sourcils.

— Au fait, pourquoi tu es arrivé ici alors si tu avais tout ça ?

Peter hocha la tête et répondit d'une voix plus basse :

— Les vieux sont morts, durant le même hiver. C'était il y a deux ans environ. Leur héritier, un cousin ou un neveu, je ne sais plus trop, a vendu la maison, le domaine et tout le reste. On nous a fichus dehors. Et puis maman est tombée malade. Le typhus l'a emportée. Donc, j'ai dû me débrouiller…

Il changea aussitôt de sujet, prenant un ton enjoué :

— Au fait, quelqu'un connaît des histoires de pirates ?

Alors, le garçon qui aimait les récits des flibustiers se mit à raconter quelques-unes de ces aventures dont il avait lui-même entendu parler. Ce que Peter ne dit pas à ses compagnons de chambre, ce soir-là, c'est que la vérité sur son passé était tout autre. Il ne leur parla pas du jour où sa mère prit la décision de le laisser chez un couple de fermiers, pour qu'ils le logent et le nourrissent en échange de menus travaux qu'il rendrait. Il ne dit pas non plus à quel point ces adieux furent déchirants et ouvrirent en lui une plaie si profonde qu'elle n'était toujours pas refermée. Il ne leur expliqua pas que le fermier Will Stubbings, un homme gras et pernicieux, lui prétendit un jour que sa mère n'était qu'une dévergondée qui arpentait les rues de Londres en appâtant le client et qu'elle ne fréquentait que des hôtels de passe. Non. Il ne leur dévoila rien de cette blessure intime. Et si le jeune Peter Hawkson occulta cette partie douloureuse de sa vie c'est parce que, au fond, un lourd sentiment de culpabilité le rongeait. Avoir mis le feu à la ferme avant de s'enfuir ne l'avait en rien soulagé. Il n'avait pas pu retrouver sa mère, lui dire combien il était désolé, comme il s'en voulait de n'avoir été qu'un poids pour elle, de n'avoir pas pu l'aider. Quelque temps après avoir gagné Londres, il avait été interpellé par des agents dans une rue de l'*East End* et avait dû répondre de ses actes devant le juge Matthews, qui avait fait preuve – il est vrai – de clémence à son égard.

Les voix des majors s'élevèrent dans les couloirs de l'orphelinat, créant un curieux écho :

— Extinction des feux ! Extinction des feux !

Les chandelles s'éteignirent peu à peu. Le voile de la nuit tomba sur *L'Oiseau Blanc*.

Peter s'endormit comme une masse. Mais comme souvent, des bribes de son enfance se manifestaient dans ses rêves lorsque la nuit venait. Il y voyait sa mère, dont les contours du visage s'effaçaient avec le temps. Sa voix familière, au contraire, lui revenait avec limpidité. Douce et suave, il l'entendait fredonner toujours le même refrain. Enveloppé dans ses bras, il fermait les yeux et laissait le sommeil le prendre en écoutant cette chanson qui le berçait. Elle contait l'histoire d'un enfant qui, pour se protéger des ombres menaçantes du soir, se forgeait une forteresse invisible d'amis imaginaires. C'était pour

Peter les seuls moments de répit, bien loin des tourments de la réalité qui se rappelait à lui lorsqu'il s'éveillait.

Ses songes étaient aussi remplis d'instantanés plus sombres. Une voix d'homme doucereuse qui lui parlait avec fébrilité. À laquelle se joignait une main qui, faute de le convaincre par les mots, et n'attendant d'ailleurs pas d'autorisation de sa part, se plaquait sur sa bouche pour éteindre ses cris. Enserré dans des bras puissants, le corps de l'enfant tentait de s'échapper, mais cédait finalement et cessait de se débattre.

— N'aie pas peur, petit, disait toujours la voix, je ne vais pas te faire de mal.

C'était le timbre rauque du gros fermier qui s'approchait en haletant, et qui poursuivait inlassablement sur le même registre.

— Reste bien tranquille, et Oncle Will sera très gentil avec toi.

Peter réprimait un tremblement. À la merci du prédateur, il était incapable de se défendre. Tout à son affaire, le libidineux fermier entreprenait d'ouvrir la chemisette du garçon. Les boutons cédaient un à un et le buste fin de l'enfant s'offrait comme pour un rite sacrificiel. Will Stubbings approchait alors son visage du sien, lui reniflait les épaules, la poitrine, le ventre, qui se contractait au contact de cet appendice nasal…

Vaincu, attendant que le temps s'écoule, il laissait son regard s'enfuir dans le vague en se disant qu'un jour, il serait libre. Il ne pouvait alors se douter que ces images ne le quitteraient jamais et le retiendraient prisonnier pour toujours.

Chapitre 5

Peter s'éveilla d'un coup en sueur et la bouche pâteuse. Il mit un moment à se rappeler où il était. Il perçut à ses côtés la respiration de Jimmy qui dormait paisiblement. Il se recroquevilla sur son lit et, la tête dans les genoux, pleura doucement.

Chapitre 6

Shadow était un être qui aimait sa liberté. Il allait et venait comme bon lui semblait et les habitants de *L'Oiseau Blanc* s'en étaient accommodés. Bien sûr, il avait une affection toute particulière pour Angela Kindman, la fille du directeur. Elle était si mignonne, cette petite qui le gratifiait sans cesse de ses caresses ! Et surtout, elle avait compris que, bien qu'appréciant ces marques d'affection, il avait besoin d'indépendance.

Shadow aimait sortir la nuit, pour chasser. C'était le meilleur moment, celui où ses yeux lui donnaient une longueur d'avance sur ses proies. Et Shadow n'en ratait jamais une seule. Une fois qu'il avait jeté son dévolu sur une victime, celle-ci était déjà condamnée. Telle une ombre – il portait bien son nom – il fondait sur elle de manière impitoyable, c'était dans sa nature. Cette fois, ce n'était pas une mais deux proies que convoitait Shadow…

Collées à la vitre d'une fenêtre de l'école, les deux créatures lumineuses ne se doutaient pas que leur présence avait attiré l'attention d'un terrible prédateur, juché sur la branche d'un grand chêne, non loin de là.

— Le voici. Regarde comme il a l'air triste.

— Les autres dorment, c'est le moment.

— Tu penses qu'il est prêt ?

— Allons-y, nous verrons bien.

Et semblables à des lucioles, les deux êtres se mirent à exécuter un étrange ballet lumineux devant les carreaux du dortoir où se trouvait Peter.

Peter peinait à retrouver le sommeil. Il se tournait, et se retournait sur son matelas, alors que ses compagnons laissaient tous entendre leur souffle régulier. Les nuits étaient fraîches en ce début d'automne. Soudain, il cligna des yeux : il y avait comme deux morceaux de lune qui s'étaient détachés du ciel nocturne pour venir danser devant les vitres de la chambre. Il se redressa sur son lit, abasourdi, puis chuchota d'une voix frémissante :

— Qu'est-ce… qu'est-ce que c'est ?

Il se frotta les yeux. Mais rien n'y fit. Elles étaient bien là, ces deux créatures étincelantes de quelques centimètres qui voletaient devant lui. Peter se leva et, mécaniquement, entreprit d'ouvrir la fenêtre. Un air frais s'engouffra dans la pièce en même temps que les deux êtres mystérieux. Levant les bras, le garçon tenta de s'en saisir, mais elles lui filèrent entre les doigts. Il en perçut la forme presque humaine, aux courbes féminines. Intrigué, il entendit alors un subtil chuchotis, comme un langage inconnu… pourtant familier. Stupéfait, il bredouilla :

— Elles… elles parlent.

Puis, hochant la tête d'un air contrit, il souffla :

Chapitre 6

— Je suis désolé, je ne comprends pas bien…

Alors, il entendit subitement comme une voix à l'intérieur de son crâne qui lui disait : *Écoute, écoute mieux car c'est une langue qui ne t'est pas étrangère !*

Le jeune garçon se concentra sur les mystérieux sons qui émanaient des deux intruses. Peu à peu, comme si cet idiome énigmatique se révélait à lui, les paroles se firent claires dans son esprit.

— Ça y est, tu peux nous comprendre à présent !

Paisiblement, la créature qui venait de prononcer ces mots vint se poser sur sa main. À présent qu'elle était presque immobile, Peter pouvait observer les détails de celle-ci : une silhouette fine aux minuscules pieds nus, des oreilles triangulaires, des yeux en amande couleur rubis et une paire d'ailes translucides sur le dos. Elle portait une tunique aussi écarlate que ses cheveux, noués en une courte natte. Émerveillé, l'enfant murmura :

— Qui êtes-vous ?

— Nous sommes des sylphes. N'en as-tu jamais entendu parler, Peter ? interrogea la créature.

Le garçon, ébahi, ne savait quoi répondre. Il fit un lent signe de dénégation. La seconde petite sylphe vint se poser sur son épaule gauche. Il tourna la tête vers le petit être vêtu de bleu, qui portait lui aussi dans le dos, deux ailes semblables. Une couronne de boucles pourpres ceignait son front, sous lequel deux billes d'améthyste le fixaient. S'approchant de son oreille, elle lui susurra :

— Je m'appelle Malice. Étincelle et moi avons fait un long voyage pour te trouver, Peter.

Recouvrant la parole, celui-ci balbutia :

— Com… Comment connaissez-vous mon prénom ?

— Nous venons du Pays-de-Nulle-Part, répondit Étincelle, là où se trouve l'Île du Pan.

— Et nous savons tout de toi, car nous t'observons depuis bien longtemps, ajouta Malice.

Peter avait bien d'autres questions mais il n'eut pas le loisir de les poser. Brusquement, la fenêtre entrebâillée s'ouvrit à toute volée et un chat à la robe d'un noir profond bondit sur le garçon et les deux sylphes. Peter eut à peine le temps de basculer en arrière pour éviter les griffes du félin qui poussa des miaulements sauvages. Malice se réfugia au-dessus de l'armoire. La chambre fut vite sens dessus dessous. Réveillés en sursaut, les sept autres occupants du dortoir restaient éberlués devant le spectacle. Seul Jimmy avait remarqué ce curieux insecte rougeoyant qui s'était dissimulé derrière le chandelier près de son lit. Sautant sur ses pieds, le major Noah Pikkering eut la présence d'esprit d'ouvrir la porte.

— Dehors, Shadow !

Mais les premières à quitter la pièce furent deux étoiles filantes qui lui passèrent sous le nez. Immédiatement, le chat les prit en chasse dans le couloir, suivi de près par Peter, dont le cœur battait à tout rompre.

Le chahut retentissant de cette course-poursuite eut pour effet de réveiller l'ensemble des dortoirs. Eddy Squeeler fut l'un des premiers à sortir du sien, avec Bullit et Lardon sur ses talons. Intuitivement, les deux petites sylphes bifurquèrent sur la droite, espérant trouver refuge dans cette pièce. Fausse bonne idée. *Bam !* La porte se referma aussitôt aux moustaches de Shadow qui poussa un miaulement de dépit. Étincelle et Malice n'eurent pas le temps de respirer. Derrière ses épaisses lunettes, les fixait le regard de Theobald Lupus, le major chasseur d'insectes. Elles étaient prises au piège.

La main sur la poignée, Peter s'apprêtait à les y rejoindre lorsqu'il fut interrompu dans son geste :

— Je t'interdis de mettre un pied dans notre dortoir, Hawkson.

Il se retourna. Squeeler le toisait d'un air mauvais, pendant que Lardon ricanait bêtement. Bullit s'avança vers lui, un sourire au coin des lèvres. Peter, les poings serrés, attendit le bon moment. Une fois que le garçon aux larges épaules fut sur lui, il lui décocha un coup dans le plexus qui le fit se plier en deux. Puis, esquivant la répartie de Bullit, il fit un bond de côté. Un timbre sévère se fit entendre derrière lui :

— Mon garçon, il va falloir que tu t'expliques, gronda Matrone Beth en posant une main vigoureuse sur l'épaule de Peter.

— Oh ! Shadow ! Vilain matou, viens ici ! dit une petite voix.

Tous les regards se tournèrent vers celle qui venait de parler. Le chat sauta immédiatement dans les bras tendus de la jeune fille en robe de chambre de soie violette. Ses cheveux châtains, qui ondulaient en retombant sur les épaules, entouraient délicatement son visage de poupée aux traits fins et à la peau claire. Elle croisa le regard de Peter, qui était subjugué par les yeux noirs cernés de cils étonnamment longs de l'inconnue. Détournant la tête, elle dit à Matrone Beth d'un ton suppliant :

— C'est ma faute, Elisabeth. Ou plutôt celle de mon chat. Laissez ce garçon, je vous en prie.

— Très bien, Miss Kindman, mais vous devriez aller

vous recoucher. Votre père risque de s'inquiéter.

— Oui, sans doute. Bonne nuit.

Et elle fila en direction de l'escalier pour grimper à l'étage, non sans un furtif clin d'œil à Peter, qui resta coi. Ce fut Jimmy qui, arrivé sur ses talons, le sortit de sa rêverie, en le tirant par la manche de son pyjama.

— Peter, il vaut mieux y aller, maintenant.

Effectivement, entre Matrone Beth qui dardait sur lui ses prunelles sombres et la bande d'Eddy Squeeler, mieux valait ne pas s'attarder sur le palier. Les deux garçons regagnèrent leur dortoir. Là, les autres pensionnaires étaient en pleine discussion. Ils tournèrent la tête vers Peter lorsque celui-ci pénétra dans la chambre.

— Euh… pourquoi vous me regardez avec cet air bizarre ?

— Raconte, on a vu des drôles de trucs lumineux passer, répondit Owen.

— Quoi donc ? demanda Peter, le plus naturellement du monde.

— Il n'y avait pas que le chat. Des sortes de libellules, on aurait dit. C'est pour cela que Shadow est entré ici, dit Sam avec certitude.

Peter se frappa le front.

— Quel imbécile je fais ! Je ne dormais pas et j'ai remarqué des lucioles dehors. J'ai ouvert la fenêtre, elles sont entrées. Voilà tout.

— Des lucioles ? répéta le major Noah, peu convaincu.

— Oui, et elles sont en ce moment dans le dortoir de Squeeler, ajouta Peter. Je les ai vues s'y faufiler.

— De Squeeler ? renchérit Jimmy. Mais il y a Theobald Lupus dans son dortoir…

Chapitre 6

— Alors, leur sort est scellé, conclut Sam, elles vont finir épinglées dans sa collection !

Le major Theobald Lupus se frottait les mains. Ce n'est pas tous les jours que deux aussi beaux spécimens étaient à portée de filet. Le garçon à la myopie prononcée n'avait jamais vu de tels insectes ; sûrement des papillons de nuit d'une espèce rare, songea-t-il. Sans se soucier du règlement de compte qui se déroulait dans le couloir, il s'était saisi de son filet et, avec une dextérité certaine, avait emprisonné dans ses mailles les deux sylphes, avant qu'elles ne se rendent compte de quoi que ce soit. Puis, délicatement, il les avait dissimulées dans une boîte en carton, au couvercle percé de petits trous. Nouant un cordon autour pour la maintenir fermée, il réajusta ses lorgnons et glissa la boîte sous son lit. C'est à ce moment que la porte s'ouvrit. Eddy Squeeler lui lança un œil soupçonneux.

— Theobald…

— Mmh ?

— Tu n'as rien vu ?

— Non, pourquoi ? répondit l'adolescent, avec un sourire crispé.

— Franchement, t'es vraiment bigleux ! s'esclaffa Squeeler, en se remettant au lit.

Lardon se gaussa et Bullit en remit une couche :

— Avec les triples loupes qu'il porte, il devrait pourtant même voir sauter les puces sur le dos de ce satané chat qui nous a tirés du plumard !

Cette fois, Lardon hoqueta de rire jusqu'à ce que Squeeler lui lance sèchement :

— Ça va ! Réfléchis plutôt au moyen de parvenir à mener à bien la mission que je t'ai confiée.

Aussitôt, ce dernier se tut, et prit l'expression de celui qui menait une intense réflexion.

De son côté, Peter s'était creusé la tête pendant un moment. Sa réflexion intérieure avait abouti à ce constat : il était imprudent d'agir immédiatement. Pour venir au secours des deux petites créatures, mieux valait un plan bien pensé. Et, pour ce qui était de l'imagination, on pouvait compter sur le garçon aux iris verts. Il s'endormit en élaborant dans son esprit mille moyens de parvenir à ses fins.

La nuit avançait, le calme était revenu à *L'Oiseau Blanc*. Shadow ronronnait sur le lit auprès de sa jeune maîtresse et, coincées dans leur cachot de carton, les sylphes échangeaient dans leur énigmatique langage pour trouver un moyen de recouvrer leur liberté.

Chapitre 7

Au petit déjeuner ce matin-là, Jimmy avait affiché un sourire amusé lorsque Peter lui avait demandé où il pourrait retrouver Theobald Lupus pour une discussion de la plus haute importance.

— Oh, tu sais, quand il n'est pas en classe, Theobald ne se trouve guère qu'à deux endroits : ou bien dans le parc avec son filet à bestioles ou à la bibliothèque, plongé dans ses bouquins !

Peter sourit lui aussi. Il était reconnaissant à Jimmy de ne pas l'assaillir de questions. Un autre que lui aurait déjà demandé ce qu'il pouvait bien avoir à faire avec le garçon collectionneur d'insectes. Pour le moment, Peter ne voulait pas l'impliquer dans cette histoire. C'était à lui seul d'aller délivrer les sylphes. Mais, pour cela, il devait d'abord en apprendre davantage.

La bibliothèque de *L'Oiseau Blanc* n'était pas très grande, mais son agencement donnait l'impression qu'elle était davantage fournie en ouvrages qu'elle ne l'était en réalité. Ainsi, les quelques étagères débordaient de livres en tous genres empilés de manière désordonnée. Peter pénétra dans la pièce austère sur la pointe des pieds. Le silence et l'odeur de papier vieilli lui donnaient l'impression d'entrer dans un mausolée. Il lorgna à gauche puis à droite mais Theobald semblait absent. Déçu, il avança toutefois jusqu'à un bureau, au bout de la pièce, derrière lequel était assis un homme absorbé dans sa lecture. Peter attendit un moment qu'il le remarque, sans succès. Alors, il se racla la gorge et dit :

— Bonjour, monsieur.

L'homme leva la tête. Il sembla effrayé. C'était Bob Shennigan, le bibliothécaire. Il posa un doigt sur ses lèvres et dit tout bas :

— Moins fort, jeune homme.

Puis, il se plongea à nouveau dans son ouvrage. Peter insista et fit en chuchotant :

— Je cherche Theobald, monsieur. L'auriez-vous vu, par hasard ?

L'expression du bibliothécaire relevait cette fois davantage de l'irritation. Il répondit sans élever la voix outre mesure mais avec impatience :

— Tout de même, ce n'est pas l'office d'information, ici ! Allez donc voir dans la réserve s'il s'y trouve, vous verrez bien !

Le visage du garçon s'éclaira. Il le remercia d'un signe de tête et fila en direction de la petite pièce qui se trouvait un peu plus loin sur la gauche. Theobald Lupus s'y trouvait, occupé à feuilleter fébrilement les pages poussiéreuses d'un vieil ouvrage. Il n'entendit pas Peter approcher. Ce dernier se mit sur la pointe des pieds pour tenter de distinguer les illustrations par-dessus son épaule.

— Ça a l'air passionnant, dis-moi.

L'adolescent à lunettes sursauta.

— Ou… oui, bredouilla-t-il.

— De quoi ça parle ? demanda Peter qui ne savait pas déchiffrer les mots.

Les yeux de Theobald se mirent à briller. D'habitude, personne ne portait d'intérêt à ses objets d'étude. Il répondit avec un excès d'exaltation dans la voix :

— Figure-toi que j'ai fait une découverte fantastique !

— Ah oui ? fit Peter d'un ton intéressé.

Theobald prit alors un air soupçonneux.

— Tu es le nouveau, n'est-ce pas ?

— Peter Hawkson, oui. Et toi tu es le fameux Theobald Lupus dont tout le monde me parle depuis que je suis arrivé.

Surpris, l'adolescent articula :

— On… on t'a parlé de moi ?

— Évidemment ! J'avais très envie de faire la connaissance de celui qui deviendra un grand scientifique, d'après ce qu'on me dit.

La poitrine de Theobald se gonfla d'orgueil. Cela n'arrivait pas si souvent qu'il entende du bien de la part des autres orphelins. Un quart d'heure plus tard, Peter avait appris ce qu'il voulait savoir. À son grand soulagement, les deux sylphes étaient encore bien vivantes. Theobald les avait installées dans une boîte bien ficelée sous son lit. Il avait promis de les montrer à Peter un peu plus tard. En attendant, il voulait en savoir plus sur ces spécimens qui seraient, il n'en doutait pas, les pièces maîtresses de sa collection.

Satisfait, Peter regagna la grande salle de la bibliothèque. Il marqua un temps d'arrêt. Elle était là, la fille de la veille, occupée à consulter des ouvrages sur une étagère. Il hésita et prit le parti de quitter la bibliothèque. *Je ne dois pas me laisser distraire de mon objectif*, pensa-t-il. Cependant, comme il passait derrière elle, la jeune fille se retourna, intuitivement. Elle s'exclama :

— Oh, bonjour ! Tu es Peter, c'est bien cela ?

Il ne savait pas pourquoi mais ses joues s'empourprèrent. Il répondit gauchement :

— Oui… on s'est vus hier soir… sur le palier.

— Je m'appelle Angela Kindman. Ravi de faire ta connaissance, Peter, dit-elle en lui tendant la main.

À moitié paralysé par ses grands yeux noirs qui brillaient, le garçon saisit, de manière malhabile, la main de la jeune fille du bout de ses phalanges moites. Au contact de la douceur de la peau, son embarras ne fit que s'accentuer. Angela le remarqua et, pour rompre le malaise, elle lança :

— Dis-moi, Peter, est-ce que tu aimes la poésie ?

Le garçon prit un air déconfit. Il n'y connaissait rien, évidemment.

— Euh… c'est-à-dire que…

— Ne t'inquiète pas ! Je serai ravie de te faire découvrir mes poèmes préférés ! le coupa-t-elle avec enthousiasme. Tu es d'accord ?

Peter acquiesça.

— Dans ce cas, que penses-tu de celui-ci ? suggéra-t-elle en lui montrant un petit ouvrage avec une couverture illustrée représentant des jeunes filles et des créatures monstrueuses.

On pouvait y lire ce drôle de titre : *Marché gobelin et autres poèmes.*

Il haussa les épaules. Alors, elle l'entraîna dans le parc.

— Viens, nous allons trouver un endroit tranquille pour lire tous les deux !

Assis côte à côte à l'ombre d'un grand chêne, les deux enfants parcouraient le recueil de la poétesse londonienne Christina Rossetti. Peter se contentait de regarder les illustrations tandis qu'Angela lui faisait la lecture de cette curieuse histoire de deux sœurs, Laura et Lizzie, aux prises avec des gobelins qui tentent de leur vendre des fruits. Peter n'y comprenait pas grand-chose mais il n'osa pas contrarier Angela. Lorsqu'elle eut terminé, elle se tourna vers lui.

— Ça t'a plu ?

— C'était plutôt joli à entendre, oui, comme une chanson. Mais moi, j'aime mieux les récits d'aventure, pour tout dire.

— Attends, laisse-moi deviner, dit-elle en prenant doucement la main droite du garçon qu'elle posa dans la sienne.

Elle sembla se concentrer sur sa paume de main et caressa avec son index chaque ligne qui la sillonnait, puis affirma :

— Ta ligne de vie est longue et s'annonce passionnante. Plus tard, tu deviendras un célèbre navigateur qui sera connu dans tout le royaume.

Peter ne dit rien. Il se laissa faire et attendit la suite. Elle poursuivit en plongeant son regard dans le sien :

— Tu vivras un amour unique avec une femme qui te donnera de nombreux et beaux enfants.

Cette fois, Peter sentit les muscles de ses épaules se raidir. Il retira précipitamment sa main et se détourna. Elle resta interdite.

— Qu'y a-t-il, Peter ? Je n'avais pas l'intention de te blesser…

— Je t'aime bien, Angela, mais je ne crois pas en tes histoires, expliqua-t-il, en posant à nouveau les yeux sur la jeune fille désolée. Les adultes m'ont fait trop de mal pour que j'envisage de devenir un jour l'un d'eux, tu comprends ?

La jeune fille se borna à lui offrir un sourire peiné en guise de réponse. Elle avait compris depuis le début qu'il était différent des autres. Elle ne lui posa pas de questions. Il y avait quelque chose chez ce garçon qui en disait déjà beaucoup. C'était cela qui faisait battre aussi vite le cœur d'Angela, dès le premier instant où elle l'avait vu. Elle était persuadée que la patience serait sa meilleure alliée pour permettre à Peter d'aller mieux. Et qu'il accepte enfin de grandir.

On entendit sonner la cloche qui annonçait l'heure du déjeuner. Angela referma le livre et, prenant Peter par la main, reprit avec lui la direction de la grande bâtisse blanche.

CHAPITRE 8

Le samedi après-midi était consacré aux ateliers pratiques. Durant trois heures, les pensionnaires s'affairaient à une activité qu'ils avaient choisie au préalable : travaux de jardinage, cuisine ou apprentissage de l'art de la cordonnerie étaient notamment au programme. Il était dit qu'aucun orphelin ne devait quitter *L'Oiseau Blanc* sans un bagage suffisant pour être capable d'exercer un métier honnête.

Lorsque Michael Kindman lui avait posé la question, le matin même, Peter avait opté pour l'activité extérieure. Il préférait être à l'air libre. Il se joignit à Jimmy dans le jardin horticole, en léger contrebas du parc où se trouvait déjà une douzaine d'autres garçons, parmi lesquels Eddy Squeeler et sa bande au complet, au grand dam de Peter qui aurait préféré les éviter. Theobald Lupus était là, lui aussi, muni d'un carnet de notes. À la vue du major du dortoir voisin au sien, Peter fut rassuré : voici l'opportunité qu'il attendait. Cependant, il ne prit pas garde à l'expression malfaisante qui s'était dessinée sur les lèvres de Squeeler lorsque celui-ci l'aperçut. L'atelier était assuré par Howard Hereford, le mari de la gardienne. S'il occupait les fonctions d'enseignant en horticulture, il gérait également l'entretien du parc avec ses élèves. Le professeur, à l'épaisse moustache et aux yeux rieurs, les accueillit avec bonne humeur.

— Mes chers enfants, aujourd'hui, nous allons découvrir les différentes variétés de roses. Je vous demanderai de prendre chacun une paire de gants à l'entrée de la serre ainsi que l'une des paires de ciseaux à fleurs que j'ai disposées à votre intention.

Le petit groupe prit la direction de l'abri qui se situait à deux pas. Bullit s'amusa à bousculer les plus petits, facilement impressionnés par sa stature imposante. L'un d'eux, au teint cuivré et aux yeux en forme de billes d'onyx, fut la cible de ses quolibets.

— Pousse-toi de là, Geronimo ! Tiens, t'as oublié tes plumes aujourd'hui ?

— Je t'ai déjà dit que mes origines n'avaient rien à voir avec celles des Indiens d'Amérique, répliqua l'enfant, posément, du haut de ses huit ans.

Le garçonnet s'écarta néanmoins pour laisser passer Bullit. L'aspect physique de l'enfant tranchait en effet avec celui des autres habitants de *L'Oiseau Blanc*. Son nom aux consonances exotiques évoquait ses origines indiennes : Chandra-Kumar. Peter, à qui la scène n'avait pas échappé, se raisonna et choisit de ne pas intervenir. Mieux valait ne pas se détourner de son objectif. Mais comme il s'apprêtait à s'emparer d'une paire de gants à sa taille, Lardon fit mine à son tour de le heurter par inadvertance. Il fit volte-face vers le garçon qui lui sourit bêtement, mal à l'aise. Aussitôt, Eddy Squeeler, semblant saisir l'occasion, vint à la rescousse de son acolyte.

— Un problème, Lardon ? questionna-t-il, une paire de ciseaux à la main brandie devant lui. Si Hawkson te cherche, on peut régler ça…

Peter ravala sa salive, haussa les épaules et sortit de la serre sans dire un mot.

Quelques rayons de soleil filtraient les nuages. Le temps était idéal. Les pensionnaires avaient parcouru le chemin les menant à la roseraie. Howard Hereford s'arrêta devant un rosier buisson.

— Mes enfants, il existe de telles variétés de roses que cela fait sans doute d'elles les plus belles des fleurs. Mais elles sont aussi très fragiles et demandent un soin tout particulier. Regardez celle-ci, par exemple, fit-il en désignant un magnifique spécimen au parfum suave et à la couleur nuancée de rose chair et de blanc. C'est une centifolia, une rose cent-feuilles, une espèce très ancienne issue d'un croisement avec d'autres fleurs. Aujourd'hui, nous allons apprendre la taille des rosiers, ce qui suppose un maniement subtil et précis de votre outil, à défaut de quoi vous ne pourriez obtenir d'aussi magnifiques massifs.

Se penchant vers le buisson, il leur montra le geste approprié.

— À présent, à votre tour, mais soyez précautionneux, et gare aux épines ! prévint-il.

Il circula alors parmi ses jeunes élèves, félicitant l'un pour la manière avec laquelle il maniait son outil, reprenant un autre qui faisait preuve de maladresse.

Dans cet exercice, le plus doué était sans doute Jimmy : à le voir se débrouiller ainsi, qui aurait pu croire qu'il n'en était qu'à l'initiation dans le domaine horticole ?

Howard Hereford affichait un sourire de satisfaction. Ses élèves étaient concentrés sur leur tâche et rien ne semblait pouvoir troubler la quiétude de cette douce matinée d'automne. C'est alors qu'un cri de douleur s'en vint dissoudre cet instant d'harmonie :

— Aaaaaaaaaaaaaïe !

— Que se passe-t-il ? sursauta le jardinier, dont la voix trahissait l'appréhension.

Un troupeau s'était instantanément formé autour de l'un des enfants.

— C'est le nouveau, maître, informa le petit Chandra-Kumar. Je crois qu'il s'est blessé.

— Écartez-vous, laissez-le respirer !

Effectivement, Howard Hereford nota que Peter s'était entaillé l'index de la main gauche.

— Hawkson, peux-tu m'expliquer pourquoi tu ne portais pas de gants ?

— Euh… j'ai oublié, maître, répondit Peter en grimaçant de douleur.

Jetant un œil à la blessure, Howard Hereford persifla :

— Eh bien, voilà ce qui arrive ! Tu as de la chance, ta plaie n'est pas profonde. Va à l'infirmerie. Matrone Beth devrait arranger ça.

Le doigt enrubanné dans un mouchoir, Peter hocha la tête et détala en direction du bâtiment principal. Un léger sourire avait remplacé la grimace sur ses lèvres. La première partie de son plan avait fonctionné.

Chapitre 8

Cet incident était arrivé à point nommé pour Eddy Squeeler. Celui-ci fit un signe de la tête à Bullit qui s'éclipsa discrètement.

Arrivé dans le hall, au lieu de tourner immédiatement vers la gauche en direction de l'infirmerie, Peter gravit quatre à quatre les escaliers menant au second étage, puis poursuivit son sprint jusqu'à ce qu'il eût atteint la porte du dortoir où étaient retenues les deux sylphes. Il pénétra dans la chambre et entreprit de fouiller les dessous de lits. À sa troisième tentative, il sentit ses doigts effleurer un objet lisse. Il appela doucement :

— Étincelle ? Malice ?

Il perçut alors des petits coups sourds cognés à intervalles réguliers. Puis une voix, étouffée :

— Peter ! Peter ! Nous sommes là ! Vite, on peut à peine respirer !

Le jeune garçon s'accroupit et glissant sa tête sous l'un des lits, il avisa une boîte en carton, nouée d'un cordon. L'objet vibrait sous de légers soubresauts. S'en saisissant avec précaution, il dénoua le lien et libéra les sylphes.

— Oh, Peter ! Merci, merci ! s'exclama Étincelle, en déployant ses ailes.

— Notre sauveur ! renchérit Malice qui vint lui déposer un petit baiser sur le bout du nez.

Il s'empourpra, quelque peu gêné par cette marque d'affection spontanée.

De son côté, Bullit avait rejoint ses camarades quelques minutes à peine après les avoir quittés, sans qu'Howard Hereford ne remarquât quoi que ce soit.

Alors que le jardinier lui tournait le dos, il se glissa aux côtés de Squeeler et de Lardon et reprit son activité sans rien laisser paraître.

C'est le petit Chandra-Kumar qui fut le premier à se rendre compte que quelque chose clochait. Interrompant son geste alors qu'il s'apprêtait à conclure la taille d'un magnifique rosier de fleurs blanches, il se mit à humer l'air de façon ostensible. L'odeur qui chatouillait ses narines lui rappelait vaguement celle du poisson fumé. Il leva les yeux vers le ciel : une longue colonne de fumée noire s'élevait de *L'Oiseau Blanc*. Il bondit sur ses pieds et se mit à hurler :

— Le feu ! Il y a le feu !

Toutes les têtes se tournèrent en direction de l'endroit qu'il pointait du doigt. Déjà, une corne faisait entendre un son lugubre et inquiétant. Les enfants se précipitèrent, suivis par le jardinier, essoufflé. Le feu venait de prendre dans un petit local adjacent à l'infirmerie, la salle des potions. Il s'y trouvait de nombreux bocaux et diverses plantes médicinales qui servaient à soigner les affections légères des pensionnaires. À cet instant, on vit Matrone Beth sortir de l'infirmerie en toussant, soutenue par Michael Kindman. Déjà, le reste du bâtiment semblait s'être vidé et les secours s'organisaient. Howard Hereford donna les consignes :

— Theobald, file à la caserne d'Harford Street que les pompiers viennent avec leur pompe. On risque de ne pas s'en sortir seuls !

Et aux autres :

— Les enfants, récupérez tout ce que vous trouvez de seaux ou de récipients. Nous allons former une chaîne à partir du puits. Allez, vite, vite !

CHAPITRE 8

Un peu plus tôt, après avoir sorti les deux sylphes de leur prison, Peter avait repris la conversation interrompue lorsque Shadow était venu montrer la pointe de ses crocs. Il brûlait d'envie d'en savoir plus.

— Quelle est cette île mystérieuse ? demanda-t-il à Étincelle et à Malice, les yeux brillants.

Alors, elles lui parlèrent de cet endroit qu'on ne trouvait sur aucune carte et où elles espéraient qu'il les suivrait. Elles agissaient, paraît-il, sur un ordre du mystérieux Pan dont elles ne voulaient rien dire de plus. D'un naturel méfiant, Peter était cependant fasciné par ce monde inconnu qui piquait sa curiosité et stimulait son imagination. Il n'eut pas le temps de prolonger sa réflexion. La vibration d'une corne se fit entendre, puis bientôt des cris d'alerte.

— Au feu ! Au feu !

Le garçon resta figé une demi-seconde, puis se remit sur ses pieds d'un coup.

— Vite, sortons d'ici !

Il dévala les escaliers, suivi des sylphes. Dans la cour, une frénésie avait gagné tous les membres de *L'Oiseau Blanc* : une chaîne humaine s'était formée pour tenter de venir à bout des flammes qui commençaient à s'échapper des fenêtres de la petite annexe de l'infirmerie et menaçaient à présent d'en lécher les murs.

La pugnacité des pensionnaires de l'institut permit de contenir les flammes le temps que les pompiers de la caserne voisine arrivent sur place. Leurs tuyaux reliés à une pompe déversèrent au plus vite la quantité d'eau nécessaire pour venir à bout de l'incendie. Le feu rapidement circonscrit n'avait, fort heureusement, pas eu le temps de se propager à d'autres pièces. La salle des potions n'était plus qu'une ruine noircie et fumante. Cependant, tout le monde était sain et sauf, c'était bien là l'essentiel. Les enfants, la mine déconfite, jaugeaient les dégâts causés, à quelques mètres de distance. Ils pouvaient observer également une discussion animée entre le directeur et le chef des pompiers, mais sans deviner ce qui se tramait. Jimmy interrogea Howard Hereford, qui était auprès d'eux :

— Ce n'est pas très normal cet incendie, n'est-ce pas, maître ?

— Je suis de ton avis, acquiesça le jardinier. Mais nous allons en savoir plus, ajouta-t-il en voyant approcher Michael Kindman.

Celui-ci cachait difficilement son désarroi, ce qui tranchait avec son tempérament habituellement paisible.

— Un incendie volontaire, criminel ! Voilà ce que soupçonnent les pompiers. Je ne peux pas y croire !

Howard Hereford prit une expression pensive. Un élément lui revint à l'esprit.

— Michael, puis-je vous dire deux mots en privé ? demanda-t-il.

Ils s'éloignèrent de quelques pas.

— Eh bien, qu'y a-t-il Howard ?

— Au moment de l'incendie, il manquait un des élèves qui était à l'infirmerie.

— Pardon ?

Puis, après un instant :

— Qui ?

— Le nouvel arrivant. Peter Hawkson.

— Mon Dieu ! Pourvu que…

CHAPITRE 8

À ce moment, il aperçut le jeune garçon parmi ses camarades. D'abord soulagé que l'enfant n'ait pas été victime des flammes, le directeur en arriva naturellement à envisager un lien entre l'absence de l'enfant durant l'atelier et cet événement dramatique. Il voulut en avoir le cœur net et interpella le major Noah Pikkering :

— Noah, vous direz au jeune Peter que je veux le voir tout de suite dans mon bureau.

Hochant la tête, le major s'en alla le prévenir.

Trois personnes se trouvaient dans le bureau du directeur lorsque Peter y entra. Michael Kindman l'invita à s'asseoir et commença.

— Peter, j'ai demandé à Mr Hereford et à Matrone Beth d'être présents pour cet entretien. Elisabeth, fit-il en désignant la grosse femme assise près de lui les bras croisés, s'occupe comme tu le sais du soin des orphelins de notre institut. Je ne vais pas y aller par quatre chemins. Mr Hereford m'a informé que tu t'étais blessé lors de son atelier horticole, n'est-ce pas ?

Le garçon opina du chef en fixant sans ciller le directeur. Ce dernier reprit :

— Tu étais censé te rendre à l'infirmerie. Or, Matrone Beth ne t'y a pas vu. Au même moment, un incendie se déclenche dans ce secteur. Je ne cherche pas à t'accuser, Peter, mais j'ai simplement besoin que tu me dises où tu étais.

Peter balaya du regard les trois adultes, puis répondit le plus naturellement du monde :

— J'avais oublié quelque chose dans le dortoir. Je suis allé le chercher.

— De quoi s'agissait-il ? Il fallait que ce soit important pour que tu t'y rendes à ce moment-là plutôt que d'aller te faire soigner, questionna Matrone Beth, d'un ton soupçonneux.

— Je… je ne peux rien dire.

On frappa à la porte. Un frisson parcourut le corps du garçon, comme un pressentiment.

— Monsieur le directeur, je pense que vous devez entendre ce qu'Eddy Squeeler vient de me dire, dit la gardienne Mrs Hereford en passant la tête dans l'embrasure. Il est là, avec moi, ajouta-t-elle.

— Approche, Eddy. Cela a-t-il à voir avec le feu qui s'est déclaré ?

Le garçon aux cheveux couleur de jais s'avança.

— Oui.

— Je t'écoute.

— On m'a dit que vous aviez convoqué le nouveau… commença-t-il en regardant Peter du coin de l'œil.

— C'est exact. Et donc ? lança le directeur avec un brin d'impatience.

— Eh bien, cela me gêne mais…

— Si cela le concerne, tu peux parler devant lui, coupa-t-il.

Squeeler prit une profonde inspiration et sortit d'une traite :

— Mon ami Lardon m'a dit qu'il l'a vu jouer avec des allumettes ce matin.

Prenant un laps de temps très court pour analyser cette information, Michael Kindman tourna la tête vers Peter.

— Qu'en dis-tu, Peter ?

Chapitre 8

Le garçon ne savait pas ce qui, de l'indignation ou de la colère, dominait à cet instant ses sentiments. C'est à son camarade qu'il répondit avec virulence :

— Menteur ! Tu n'es qu'un sale menteur ! Et Lardon ne raconte que des mensonges, lui aussi !

— Vide tes poches si tu es si sûr de toi. On verra bien qui dit la vérité, répliqua Squeeler, en ricanant.

— Bien sûr que je n'ai pas d'all…

Peter avait joint le geste à la parole mais lorsque sa main rencontra dans sa poche droite une petite boîte, il blêmit.

Reprenant la parole, Michael Kindman s'enquit :

— Peter ? Est-ce que ça va ?

Pour toute réponse, le garçon sortit brusquement la boîte d'allumettes de sa poche, la jeta sur le bureau et quitta la pièce en ouvrant la porte à toute volée, avant que quiconque pût intervenir. Les larmes aux yeux et la mâchoire serrée, il prit la fuite en direction du petit bois, en passant, sans même la remarquer, devant Angela qui patientait sur le perron en s'inquiétant de la tournure des événements. Elle le suivit du regard tant qu'elle le put, les yeux remplis de désolation.

Chapitre 9

Peter ne s'arrêta de courir qu'une fois suffisamment enfoncé dans le sous-bois. Il se laissa alors tomber sur la mousse recouvrant les larges racines d'un arbre centenaire et contre le tronc duquel il s'adossa, la tête blottie au creux des bras. Ainsi recroquevillé, il pleurait tout autant de rage que de douleur. Il s'en voulait de n'être pas capable de mieux dominer ses émotions. *Je dois pouvoir être plus fort que ça*, ruminait-il. *Et comment ces allumettes sont-elles arrivées dans ma poche ?* Peter repensa alors à la bousculade avec Lardon dans la serre le matin : le moment idéal pour lui glisser un petit objet dans une poche sans qu'il ne s'en rende compte. *C'est évident ! Squeeler est derrière tout cela.* Il fulmina et se mit à frapper le sol de ses poings. Comment avait-il pu faire preuve d'autant de naïveté ?

Il sentit alors le doux éventail de battements d'ailes au-dessus de sa tête.

— Laissez-moi tranquille ! Je veux être seul, asséna-t-il à l'intention des deux sylphes qui lui tourbillonnaient autour.

— Non, ce n'est pas ce que tu veux vraiment, rectifia la première.

— Nous pouvons t'aider, si tu l'acceptes, ajouta la seconde.

Peter leva les yeux vers elles et essuya d'un geste ses joues mouillées sur une manche de sa chemise, avant de demander sur un ton sarcastique :

— Ah oui ? Comment ?

— Tu le sais bien, accompagne-nous au Pays-de-Nulle-Part ! affirmèrent-elles en chœur. Tu ne le regretteras pas. Tous tes ennuis s'envoleront.

— Si seulement ça pouvait être vrai, soupira-t-il. Et puis d'abord, pourquoi moi, et pas un autre ?

— Parce que toi, tu ne veux pas grandir, n'est-ce pas ? répondit Étincelle comme une évidence.

Le garçon, troublé, réfléchit un instant, puis s'enquit :

— Et comment va-t-on vers ce Pays-de-Nulle-Part ?

— C'est simple comme un jeu d'enfant ! s'exclama Malice, en tournoyant sur elle-même telle une danseuse étoile suspendue dans les airs par des fils invisibles. En volant, bien entendu !

Peter éclata de rire :

— Ah, ah, ah ! Vous m'avez bien eu ! Hi, hi ! Quelle blague !

Puis, reprenant peu à peu son sérieux en voyant les expressions contrariées sur les visages des sylphes :

— Hum ! Jetez un œil sur mon dos. Au cas où vous ne l'auriez pas remarqué, je n'ai pas d'ailes, moi…

— C'est inutile pour ce qui concerne les enfants, voyons ! répliqua Malice. Il te suffit de fermer les yeux, de penser de toute ton âme à voler, un peu de poussière d'étoiles et hop, le tour est joué.

La petite créature tapota alors une minuscule bourse de cuir, accrochée à sa ceinture. Peter haussa les épaules. Après tout, il n'avait rien à perdre. Tout autre monde vaudrait mieux que celui-ci.

— D'accord, dit-il. Je veux bien essayer.

Assis en tailleur, les yeux clos, il se mit à se concentrer de la manière la plus intense qui soit tandis que les deux sylphes déversèrent chacune une poignée de minuscules flocons étincelants qui retombèrent en un son cristallin sur la tête du jeune garçon. Un miracle se produisit alors : il s'éleva peu à peu dans les airs, comme par enchantement. Ouvrant les yeux, il resta d'abord bouche bée, avant qu'un large sourire ne se dessine sur son visage.

— Je vole ! Je vooooole ! Youhouuuuu !

Et ce fut ensuite à une succession de cabrioles et de pirouettes en tout genre que Peter s'adonna. Un spectacle digne des plus grands numéros de voltige du *Royal Circus*[1]. Il aurait pu s'amuser ainsi un long moment si soudain, il n'avait pas entendu des voix l'appeler :

— Peter ! Peter ! Où es-tu ?

— Reviens, Peter !

Ce sont les autres, songea-t-il. *Ils me cherchent mais ils ne sont pas près de me trouver.* Se tournant vers les sylphes, il leur dit avec conviction :

— Je crois qu'il est temps pour moi de disparaître.

— Alors, suis-nous, lui enjoignit Étincelle.

Et l'enfant prit son envol vers le Pays-de-Nulle-Part, suivant les sylphes en direction de la barrière nuageuse

1. Célèbre cirque de Londres.

qui couvrait Londres. Ils disparurent dans une traînée lumineuse, invisible des hommes.

Ce que vécut Peter dépassa ce qu'il avait pu imaginer : la sensation de l'air sur son visage, dans ses cheveux, il n'en avait jamais connu de telle. Les bras ouverts, il planait, perçant les nuages, aux confins du ciel. Cela lui procurait une ivresse qui l'incitait à monter toujours plus haut, mais les sylphes veillaient à ce que le garçon ne s'écarte pas trop de leur itinéraire.

Ils perdirent peu à peu de l'altitude. C'est là qu'elle se découvrit à lui : l'île. Un espace de verdure luxuriant bordé de plages au sable doré, de lagons à l'eau turquoise scintillant au soleil, de criques protégées de la houle par d'énormes rochers sur lesquels les vagues viennent inexorablement se briser. Voici ce à quoi ressemble au premier abord le Pays-de-Nulle-Part, un archipel de petits îlots et, véritable cœur battant de celui-ci, l'Île du Pan. La poitrine de Peter se souleva tant son émotion était forte. Le voyage lui avait paru si court. Il aurait aimé que cela dure des heures. Son attention fut attirée par un bateau, le seul à l'horizon. Il mouillait dans une crique non loin du rivage de l'île, doucement ballotté par les flots. Il plissa les yeux. Au sommet du plus haut des deux mâts, il distingua un pavillon noir sur lequel ressortaient en blanc les motifs d'un crâne et d'un sablier.

— Des pirates ! s'exclama-t-il.

Peter avait entendu bien des récits sur ces bandits des mers, de Barbe Noire à Rackam le Rouge. Comme tous les enfants de son âge, il était fasciné par ces personnages, symboles de liberté et ne respectant que leurs propres lois. Oubliant les sylphes qui le guidaient, Peter bifurqua dans les airs. Il fondit bras ouverts tel un rapace en direction du bateau, sans se soucier du ballet des sternes et des goélands qui riaient sur son passage. Mais si le décollage n'avait pas posé problème au jeune garçon, il en fut tout autrement pour l'atterrissage. Ce qui arriva ensuite confirma qu'il aurait à travailler cette technique à l'avenir. En effet, Peter déboula sans parvenir à ralentir sur le pont du bateau où, fort heureusement, sa chute fut amortie par le ventre rebondi d'un homme à la peau d'ébène qui faisait tranquillement la sieste, la tête appuyée contre un gros sac de toile de jute. L'homme, vêtu simplement d'un pantalon court noir et d'une chemise à manches courtes bleu délavé, eut l'impression que le ciel lui tombait sur la tête.

— Heu ! Heu ! hurla-t-il, réveillé en sursaut.

L'orphelin avait d'abord rebondi sur ce « matelas » bienvenu pour finir en roulé-boulé contre un tonneau à deux mètres de là. Peter se releva, et frictionna vigoureusement son front endolori. Une bosse était en train d'y naître. Néanmoins, il s'en sortait bien. Du moins, c'est ce qu'il songea jusqu'à ce qu'il vît s'approcher plusieurs individus aux mines patibulaires. Ces hommes, tous aussi effrayants les uns que les autres, étaient sortis pour certains du ventre du vaisseau quand d'autres étaient descendus des haubans. Il déglutit et souffla :

— Oups ! Pas si bien que cela, finalement…

Outre le pirate qui avait amorti sa chute, il y en avait là un autre au crâne rasé, affublé d'un bandeau lui couvrant l'œil droit, un troisième d'apparence crasseuse, les cheveux blonds gras retombant sur des oreilles où brillaient deux anneaux d'or, et enfin, un dernier à la barbe rousse fournie qui avançait clopin-clopant, en traînant sa jambe de bois. Les bouches à moitié édentées s'ouvrirent, à mesure que la distance les séparant du garçon s'amenuisait, avec un rictus qui le fit frémir. Cependant, sa témérité naturelle reprit le dessus. Il fit un pas en direction des pirates, puis un deuxième.

— Quel accueil ! lança Peter. Merci beaucoup. On m'avait dit beaucoup de bien des habitants de ce bateau !

Les pirates se regardèrent, pantois.

— Non, vraiment, poursuivit le jeune garçon sur un ton affable. On entend toujours dire : *les pirates ceci, les pirates cela…* mais en réalité, vous êtes des gens très raffinés, c'est incontestable !

Le pirate à la peau d'ébène, apparemment muet mais visiblement furieux, fut le premier à rompre le charme, en l'invectivant avec son langage sommaire :

— Heu ! Heu ! Heu !

Le pirate saisit le garçon par le col de sa chemise et le souleva d'un bras, jusqu'à ce que son visage fût à quelques centimètres du sien. Peter agita les jambes dans le vide et dit :

— Euh… Tu n'es pas content, je le vois bien, mais c'était un accident et, entre pirates, on peut s'entendre, non ?

— Parce que tu te prétends pirate, moustique ?

Tout le monde tourna la tête vers l'endroit d'où venait la voix. Le pirate lâcha l'enfant qui s'affala sur le pont. Une silhouette se détacha au niveau du gaillard d'arrière. Peter cligna des yeux mais le soleil qui lui faisait face ne lui permit pas d'en distinguer davantage. Il apprit néanmoins très vite à qui il avait affaire.

— Ce gamin est tombé du ciel, capitaine... fit le type à la jambe de bois, d'un air désolé.

— Heu ! Heu ! insista le pirate en croisant ses larges biceps sur sa poitrine.

— Oui capitaine, sur le ventre d'Amadi ! traduisit le pirate au bandeau sur l'œil.

— Voyez-vous ça... reprit la voix, sur un ton à la fois ferme et empreint de distinction. Ainsi, morveux, tu agresses mes hommes ?

— Euh...

Aucun autre son ne put sortir de la bouche de Peter. Il dévisagea le capitaine du vaisseau : la silhouette était fine, l'allure altière renforcée par le port d'une redingote brune aux manches et au col brodés de fil d'or. Le visage donnait à voir des traits étonnamment délicats : des joues lisses, de grands yeux clairs aux longs cils, une petite mouche sous le nez, l'ensemble auréolé d'une longue chevelure couleur d'airain, soigneusement nouée par un ruban de velours pourpre.

Peter ne cachait pas sa surprise, lui qui s'était fait une image bien différente de la piraterie, même s'il savait que celle-ci n'était pas réservée exclusivement à la gent masculine. Il ne put s'empêcher de clamer :

— Vous êtes une femme !

La réponse fut cinglante :

— Sache que je suis la capitaine Jane Crown, et toi, tu n'es qu'un misérable vermisseau qui n'aurait jamais dû se trouver sur mon *Jolly Roger*. Sais-tu ce que nous, pirates, faisons aux avortons de ton espèce ?

Peter réprima un frisson. Il préférait ne pas connaître la réponse.

Elle laissa planer un instant de silence, puis lança négligemment :

— La planche, jeune freluquet, la planche…

Puis se penchant vers lui, elle lui glissa à l'oreille :

— Et je crains qu'il y ait quelques squales affamés de petits parasites dans ton genre, autour de mon bateau.

Les pirates s'étaient rassemblés en un large cercle autour de Peter et de la capitaine pour ne rien rater de la confrontation. Dans une fâcheuse posture, le garçon sentait sa dernière heure arrivée, lorsqu'une voix se fit entendre :

— À table !

Un adolescent filiforme sortit du mess qui se trouvait sous le pont et regarda l'assemblée d'un air candide. La capitaine Jane Crown décréta :

— Ah, mousse, j'espère que tu ne nous sers pas une fois encore des patates bouillies… Enfin, ripaillons, compagnons ! Il sera bien temps de s'occuper du sort de ce gredin une fois que nous aurons le ventre plein.

Un geste vers le pirate au bandeau sur l'œil.

— Bel-Œil, mets donc cette demi-portion aux fers dans la cale.

Grimaçant un sourire, l'homme attrapa fermement Peter par le collet et l'emporta vers les bas-fonds du navire, tandis que le reste de l'équipage s'éparpillait en vociférant.

Chapitre 10

Sur le *Jolly Roger*, l'effervescence était retombée. La capitaine Crown, après s'être sustentée de la maigre pitance cuisinée par le gargouillot – une ration de poisson séché dans des feuilles de bananier et des patates douces – s'était isolée dans sa cabine, et jouait à présent quelques notes sur sa harpe bardique. Les hommes d'équipage savaient que c'était l'un des rares moments de quiétude où ils pouvaient vaquer sans craindre de se faire houspiller par la maîtresse de bord. Ainsi, la plupart s'étaient-ils tranquillement installés pour jouer aux cartes, autour d'un tonneau, dans le mess, tout en buvant quelques lampées de brise-crâne, une boisson artisanale à base de rhum et d'épices. Amadi était quant à lui monté à la vigie, c'était à son tour de prendre le quart. Après avoir servi leur mangeaille aux pirates, le cuisinier passa devant eux en sifflotant. Il portait une écuelle en fer-blanc remplie de nourriture et une gourde. Le pirate aux boucles d'oreilles en or l'interpella :

— Holà, mousse ! Où tu vas comme ça ?

— Eh bien… porter à manger et à boire au prisonnier, m'sieur Flynn, répondit l'adolescent le plus naturellement du monde.

— Et pourquoi ce drôle aurait le droit de se remplir le ventre de nos victuailles ? demanda le pirate borgne, en lorgnant l'écuelle de son œil unique.

— Tout juste, Bel-Œil ! Pas qu'la pitance est bonne mais, moi, j'prendrais bien du rabiot, fulmina l'homme à la barbe rousse.

— Vous aurez double ration ce soir, m'sieur Pegg, j'vous promets…

Le mousse connaissait ces hommes qui prenaient plaisir à le tourmenter : il ne fallait pas s'attarder trop longtemps. Il recula d'un pas et s'apprêtait à faire volte-face lorsque le dénommé Pegg étendit sa jambe de bois au travers de son passage. L'adolescent trébucha mais parvint par miracle à garder son équilibre. Le contenu de l'écuelle n'eut pas cette chance et se renversa sur le sol. Dépité, il ramassa ce qu'il put sans se soucier des railleries des trois flibustiers, dont il était coutumier. Puis il s'enfonça dans les profondeurs du bateau pour rejoindre l'endroit de la cale où Peter était retenu prisonnier.

Les pirates avaient attaché Peter avec de larges menottes en métal qui lui enserraient les poignets. Elles étaient reliées par une courte chaîne qui coulissait dans une boucle fixée au sol. Ainsi, le garçon ne pouvait se tenir en position debout. Il cogitait sur sa situation délicate lorsqu'il entendit des pas. Il poussa un soupir de soulagement lorsqu'il constata qu'il s'agissait du mousse. Ce jeune homme lui inspirait davantage confiance que les autres pirates qui semblaient peu enclins à le traiter avec compassion. L'adolescent déposa à ses pieds une assiette avec un amas de nourriture indéterminée et une gourde. Peter commença à avaler ce repas sans songer à ce dont il s'agissait réellement, tant il était mort de faim. Avec ses doigts, il enfourna dans sa bouche cette substance informe au goût qui n'était finalement pas si désagréable. Tandis que le mousse le considérait avec curiosité, il vida le contenu de la gourde remplie d'eau fraîche, et la laissa ensuite retomber sur le sol devant lui. Puis il détourna la tête. Le mousse s'approcha prudemment pour ramasser l'écuelle et la gourde avant de reculer lentement en direction de l'escalier. Peter murmura alors :

— Merci.

Le mousse, semblant avoir attendu que le jeune prisonnier parlât le premier, sourit et dit simplement :

— Moi, c'est Melvil. Je te ramènerai autre chose, quand je pourrai.

Peter lui adressa un signe d'assentiment et s'allongea sur le sol, la tête posée sur les mains.

Le vent devait s'être levé car la houle faisait tanguer le bateau. Le bois craquait et un gros rat noir sorti de nulle part se mit à flairer l'air, avant de s'attaquer à un sac en toile de jute, dans l'espoir d'y dénicher quelques grains à se mettre sous la dent. Peter l'observa un moment, avant de sombrer dans un sommeil lourd.

Dans son rêve, il se voit planant dans les nuages, en train de survoler l'île mystérieuse du Pays-de-Nulle-Part. Il y a là aussi Jimmy qui rit de ses acrobaties et se met à flotter dans les airs en jouant de sa flûte. Un rassurant sentiment de bien-être s'insinue lentement dans tout son être. Un instant d'éternité et d'accalmie. Mais brutalement, sans que les garçons ne s'y attendent, les nuées se font plus épaisses et sombres. Le ciel gronde et se fend en un éclair aveuglant. Peter se sent tomber et sa chute lui paraît sans fin…

Il cligna des yeux. Une silhouette émergeait de la pénombre de la cale. Une lame brilla dans le noir. Une odeur âcre de sueur et de poudre emplit ses narines. Il ne bougea pas. Il retint sa respiration, sur ses gardes.

— Alors, petit, tu as bien mangé ? s'enquit une voix au timbre rauque.

C'était Flynn. Peter garda le silence en fixant le pirate dont les oreilles étaient serties de boucles en or. Les poignets pris dans les fers, il se sentait à la merci de l'individu dont il doutait des bonnes intentions. Son pouls s'accéléra. Le pirate approcha encore. Il était tout près de lui à présent. Son haleine empestait l'alcool frelaté. Il éleva la pointe de son couteau qu'il agita devant son nez et lui susurra en se passant la langue sur les lèvres :

— Voyons quel goût a ton sang, petit !

— Meilleur que le tien, pendard ! s'écria Peter qui bondit tel un chat.

En un éclair, d'un mouvement de tête, il agrippa entre ses dents l'anneau accroché à l'oreille gauche de Flynn. Surpris, le pirate, usant d'un mauvais réflexe, esquissa un brusque mouvement de recul. Alors, un cri presque inhumain se fit entendre du fond de la cale du *Jolly Roger.*

Allongé sur sa couchette, Melvil, les yeux ouverts, ne pouvait ôter de ses pensées ce gamin arrivé mystérieusement du ciel sur le pont du bateau. Il vivait depuis si longtemps parmi les pirates qu'il n'avait plus aucun souvenir de sa vie d'avant. Il était pris d'un sentiment ambivalent : son instinct lui disait de venir en aide à ce garçon, mais la crainte de représailles de la part de ses compagnons le retenait d'agir, tout comme une loyauté certaine à l'égard de la capitaine. Tout à coup, un hurlement animal jaillit de la cale où l'enfant avait été mis aux fers. Le mousse sauta de sa couchette, le cœur vibrant d'inquiétude.

La capitaine du *Jolly Roger* était autant réputée pour être sanguinaire et sans pitié que pour son raffinement et sa capacité à faire preuve de délicatesse pour ses passe-temps favoris : la harpe bardique, son instrument de musique préféré, en était le parfait exemple. L'objet trônait majestueusement sur une étagère dans sa cabine et, dès que le temps – et son humeur – le lui permettaient, Jane Crown faisait alors courir ses doigts fins et agiles sur les cordes, laissant les douces sonorités s'échapper vers le large. Lorsque le vent tournait dans le bon sens, on pouvait même les entendre de l'autre côté de l'île. Aussi lorsque son exercice fut interrompu par un cri strident venant du fin fond du vaisseau, ses doigts se crispèrent et ce qui devait arriver survint : une fausse note. Elle éructa, rouge de colère :

— Celui qui vient de détruire ma magnifique mélodie par ce hurlement imbécile vient de pousser son dernier cri, foi de Jane Crown !

Saisissant son sabre, elle sortit de sa cabine en faisant claquer la porte avec force.

Peter cligna des yeux. La lueur d'une lanterne s'approchait en vacillant, au gré du bateau qui tanguait. Il avait envie de vomir. Un filet de sang s'écoulait de sa bouche et descendait le long de son menton. Il tenta de repousser le corps du pirate qui s'était affalé sur lui en beuglant. Ses chaînes qui l'entravaient ne facilitaient pas la manœuvre et, après quelques tentatives infructueuses, il abdiqua. Brisant la pénombre, la lumière l'aveugla pour de bon cette fois. Quelqu'un s'accroupit. Peter reconnut l'adolescent qui l'avait nourri un peu plus tôt. Ses mèches blondes brillaient sur son front en sueur, ses yeux le fixaient avec intensité. *Il a peur...* songea Peter.

— Aide-moi, il m'empêche de respirer, souffla-t-il. S'il te plaît.

Le mousse sembla hésiter un temps puis, finalement, posa sa lanterne et attrapa avec ses deux bras maigrelets l'arrière du col de Flynn qui continuait à geindre. Il parvint à le faire glisser sur le sol de la cale à côté de Peter. Retourné sur le dos, il constata avec effarement que le profil gauche du visage du pirate était sanguinolent. Des bruits de bottes retentirent. Les autres arrivaient.

Entourée de plusieurs autres membres de l'équipage du *Jolly Roger*, la capitaine apparut, le sabre à la main :

— Diantre ! Que diable s'est-il passé ici ? hurla Jane Crown, dont le regard mêlé de rage et d'incompréhension navigua de Flynn, geignant sur le sol, à Peter accroupi à quelques centimètres pour finalement s'arrêter sur Melvil.

— Mousse, explique-toi vite avant que je ne t'envoie prendre un bain bien salé !

L'adolescent ouvrit la bouche mais aucun son n'en sortit. Peter vola à son secours.

— Il n'a rien à voir avec ça, m'dame, dit-il en essuyant le sang poisseux qui couvrait sa bouche d'un revers de manche. Mais cet homme, fit-il en désignant Flynn, eh bien, il a mauvais goût, je puis vous l'assurer.

Tout en disant cela, le garçon envoya un crachat qui retomba sur le visage du pirate en question. Jane Crown goûta peu l'impertinence de Peter.

— Sache, jeune blanc-bec, que tu t'adresses à moi en m'appelant capitaine. Quant à mon homme, si tu l'as blessé, il te faudra en répondre, crois-moi !

Peter ne se démonta pas.

— En ce cas, vous devriez veiller à ce que vos hommes soient plus respectueux du Code d'honneur de la piraterie. N'est-il pas dit que seul le capitaine du vaisseau peut prendre la décision de châtier un prisonnier ?

Flynn gémit de plus belle. À ces paroles, surmontant la douleur, il se mit sur son séant et porta la main, hébété, à son oreille meurtrie où manquait à présent l'anneau. Subitement, il se tourna vers Peter et l'attrapa par le collet.

— Sale morveux ! Tu vas me payer ça, par la barbe du Baron Noir !

— Lâche-le tout de suite, Flynn ! Ou bien c'est à moi que tu auras affaire.

Le ton de la voix de la capitaine avait été suffisamment acerbe pour arrêter le pirate dans son élan. Il protesta tout de même :

— Mais, capitaine, enfin, voyez ce qu'il…

— Il suffit. Que faisais-tu dans la cale ? Réponds avant que je ne te coupe l'autre oreille ! tonna Jane Crown, en brandissant son sabre.

Le pirate resta muet. Autour de lui, ses compagnons gloussèrent. La capitaine reprit :

— Si tu t'en es pris à ce gamin sans que je t'en aie donné l'ordre, alors il a raison. Le Code des pirates a été bafoué. Il y aura réparation. C'est à présent une histoire à régler entre toi et lui. Au premier sang qui coulera. Demain, nous irons à terre.

Puis, après un dernier coup d'œil au garçon qui avait fait irruption sur son navire quelques heures plus tôt, elle tourna les talons et reprit le chemin du pont. L'équipage suivit en silence, y compris Flynn qui se tenait l'oreille en grimaçant de douleur. Avant de quitter la cale, il lança à Peter, menaçant :

— Demain, tu es mort, l'avorton !

Melvil, resté seul avec lui, regardait maintenant Peter avec une certaine admiration mêlée d'une pointe d'inquiétude.

— Tu sais ce qui t'attend demain ? questionna l'adolescent.

— Je m'en doute, vaguement…

— Tu ne feras pas le poids. Flynn est un pirate aguerri. Je l'ai vu tuer un alligator à mains nues un jour. Oh, c'était un croco de petite taille mais tout de même…

Peter ne répondit pas. Il s'allongea du mieux qu'il put, les chaînes toujours solidement attachées aux poignées. Il ferma les yeux et reposa sa nuque contre le sol dur. Dehors, les vents reprirent leur course folle et le garçon ne tarda pas somnoler à la faveur du roulis.

Sur la dunette, Jane Crown observait avec une longue-vue l'île qui se situait à quelques centaines de mètres à tribord. Pensive, elle rangea sa lunette. Son esprit était préoccupé par ce jeune prisonnier à la langue bien pendue. Il lui rappelait quelqu'un mais elle n'aurait su en dire plus. Elle creusait au fond de sa mémoire, comme si une partie d'elle-même était en sommeil depuis des lustres et demandait à être sortie d'un profond coma.

— Capitaine…

Elle sursauta. C'était Melvil. Elle le tança du regard.

— Votre thé, murmura-t-il comme s'il voulait se faire invisible, en lui tendant une grande tasse en porcelaine posée sur une soucoupe et remplie d'un liquide fumant.

Jane Crown se détendit en sentant s'exhaler les odeurs de citron et de cannelle qui infusaient. Elle saisit la tasse, but une première gorgée et dit dans un soupir à l'adolescent longiligne :

— Tu n'es pas bon à grand-chose mais pour le thé, tu sais y faire, mousse.

Melvil savait qu'il ne pouvait espérer de meilleur compliment de la part de la capitaine du *Jolly Roger*. Il est vrai que pour diriger une flopée de brigands sanguinaires, il valait mieux avoir ce ton sec et cassant dont usait Jane Crown et qui, du reste, ne forçait pas sa nature. Jugeant le moment propice, il s'enhardit.

— Euh… Capitaine… Le garçon dans la cale, vous ne pensez pas qu'il est un peu petit pour se battre demain contre Flynn ?

Surprise par cette remarque qui sortait de la bouche du mousse généralement peu enclin à dire plus de trois mots d'affilée, Jane Crown répliqua :

— Aurais-tu l'outrecuidance de discuter mes décisions ?

L'adolescent blêmit et fit non de la tête.

— Il vaut mieux pour toi. D'ailleurs, je te signale que ce vaurien a une sacrée chance. Sans ce duel, aussi déséquilibré soit-il, il aurait eu droit à la planche.

Elle fit un geste d'un revers de main qui intimait l'ordre à Melvil de disposer. Cependant, alors qu'il était déjà presque hors de portée, elle sembla se raviser.

— Mousse !

L'adolescent tressaillit et revint sur ses pas.

— Prépare du rhum pour le freluquet, histoire de lui donner du cœur au ventre. Je ne voudrais pas voir mon plaisir gâché faute de combattant demain. Tu te chargeras aussi des armes, compris ?

Melvil acquiesça et détala en direction du pont inférieur, tandis que la capitaine sirotait son thé doucement.

Chapitre 11

Les deux sylphes n'avaient pas mis bien longtemps à s'apercevoir que Peter n'était plus dans leur sillage. Une brève analyse de la situation avait levé leurs doutes. Il avait à coup sûr bifurqué vers la goélette des pirates. Elles se retrouvèrent à l'abri dans l'un des arbres les plus hauts de la dense forêt du Pays-de-Nulle-Part, dans une petite cabane faite de branchages couverts de feuilles de bananier.

— S'il est sur le *Jolly Roger*, il court un grand danger ! Ce garçon est imprudent. Je ne suis pas certaine qu'on puisse compter sur lui, décréta Étincelle, en dégustant le contenu d'une minuscule corolle.

— Tu le juges trop vite, répliqua Malice qui croquait à pleines dents des pétales séchés. Et puis nous ne pouvons pas être toujours derrière le lobe de son oreille.

— Ah oui ? s'emporta la sylphe aux yeux de rubis. Lorsqu'il se sera fait écorcher vif par ces satanés pirates, tu seras bien avancée !

— Hé, doucement ! Je te rappelle que moi, je n'ai jamais été responsable de la mort de qui que ce soit.

La remarque de Malice fit l'effet d'un raz de marée dans le cœur d'Étincelle. Elle lui rappelait un épisode douloureux de son passé, qu'elle aurait voulu enfouir pour toujours. Le menton tremblant de colère, elle balança le reste du contenu de la corolle à la tête de la sylphe, puis sortit de la cabane à tire-d'aile.

Restée seule, Malice, le visage ruisselant, maugréa en repoussant la soucoupe de pétales séchés qui se trouvait devant elle.

— Ce qu'elle est susceptible, tout de même !

Puis, avisant la bourse de cuir posée sur la pierre plate qui servait de tablette pour leur repas :

— Oh ! Elle a oublié la poussière d'étoiles.

Déployant ses ailes, elle partit à sa poursuite.

Étincelle était dans une colère noire. Des deux sylphes, c'était pourtant Malice qui était la plus prompte à prendre la mouche. Pour sa part, elle était d'un naturel plutôt réservé et tournait sa langue sept fois dans sa bouche avant de s'en servir. Par ailleurs, elle était heureuse de retrouver l'Île du Pan. Ce monde lui manquait. Comme celles de son espèce, elle n'aimait rien plus que s'élever dans les airs avec la grâce d'un papillon, que s'amuser à poursuivre ses congénères dans la forêt ou se fondre parmi les fleurs de prairie.

Malice ne perd rien pour attendre ! Ah, si elle croit pouvoir laisser penser à Egon que je suis la seule responsable de la perte du garçon, elle se trompe ! songea Étincelle, en étouffant un sanglot qui montrait à quel point elle était en réalité affectée par la remarque acerbe de l'autre sylphe. Mais son cœur se soulevait davantage encore à l'idée que le jeune Peter puisse être entre les mains des pirates. Elle connaissait la cruauté dont ils pouvaient faire preuve, surtout la capitaine Crown. Les poings serrés, elle essuya ses larmes d'un revers de main puis, agitant ses ailes avec vigueur, elle prit la direction du centre de l'île. *Nous l'avons amené ici. S'il est en danger, c'est notre faute. Je sais ce qu'il me reste à faire.* De la petite fée, il ne resta bientôt plus, au loin, qu'un petit point lumineux qui filait vers un mont, le plus haut de l'île, et dont la cime laissait échapper une fumée blanchâtre.

Deux chaloupes avaient été mises à l'eau en ce matin clair où quelques sternes à tête noire se pourchassaient, effleurant la mer calme de leurs pattes ou de leur bec. Peter avait pris place sur l'une d'elles en compagnie de Jane Crown et du pirate du nom de Pegg. Celui-ci s'activait sur les rames, sa jambe de bois à l'extrémité ronde et polie cherchant en vain un point d'appui pour faciliter son ouvrage. Sur la seconde, c'était Bel-Œil qui menait le mousse Melvil et Flynn vers l'île, le front de ce dernier ceint d'un foulard noir lui couvrant l'oreille blessée la veille. Amadi, le pirate muet, était quant à lui resté à bord du *Jolly Roger*.

Peter était confronté à un dilemme : fuir ou se battre. Sans doute Melvil avait-il raison. Ses chances étaient minces si on se fiait à la carrure et au pedigree de son adversaire. Mais depuis la veille, il avait bien réfléchi et n'avait trouvé aucune occasion pour s'éclipser et se sortir de cette sale passe : ses poignets étaient toujours reliés par des chaînes trop lourdes pour imaginer sauter à l'eau. Fuir à la nage était donc inenvisageable. Et puis, était-ce par inconscience, par défi ? Il refusait de se soumettre à un acte qui pourrait s'apparenter à de la lâcheté. Il ferait face. Au premier sang. Qui sait ? Ce ne serait peut-être pas le sien, après tout.

— Tu as eu du cran, asticot. Mais c'est un miracle qu'il te faut pour espérer venir à bout de Flynn, certifia Jane Crown, en grimaçant un sourire.

— Ah, ah ! Tes tripes serviront à nourrir les mouettes, gamin ! renchérit Pegg en ricanant. Ici, elles aiment autant le bifteck que le poiscaille !

L'enfant ne répondit rien et se contenta de les fixer de son regard sombre. Mais comme, à la faveur des mots du pirate, la chaloupe avait sensiblement ralenti son allure, la capitaine lui lança :

— Ferme-la, Pegg, et rame, ou c'est toi qui finiras dans le ventre de ces fichus volatiles !

Et le pirate unijambiste s'exécuta sans se le faire dire deux fois.

Étincelle avait quant à elle atteint la base de la Montagne Fumante. La roche d'un ton brun gris laissait surgir au premier abord un profil de lames acérées, comme pour prévenir tout imprudent tentant de la gravir du danger au-devant duquel il s'exposait. Cependant, en contournant le mont, on pouvait apercevoir au nord un passage où il était possible pour un bon grimpeur d'accéder jusqu'au sommet, grâce aux multiples interstices dans lesquels pouvaient se glisser les doigts ou les orteils. Elle s'arrêta face à la muraille gigantesque puis, reprenant son envol, se dirigea vers une petite corniche à trois mètres environ de hauteur et que, vue du sol, on devinait à peine. La roche offrait à cet endroit une faille d'une largeur permettant à un enfant de s'y glisser aisément. Sans hésiter, la sylphe s'engagea à l'intérieur. Les parois prenaient des reflets bleutés au fur et à mesure qu'elle avançait plus profond dans le ventre de la montagne. C'était un enchevêtrement de galeries obscures, digne d'un labyrinthe dans lequel Étincelle trouvait sans peine son chemin. Bientôt, une autre lueur apparut au détour d'un énième étroit passage. Une voix gaillarde résonna :

— Qui va là ?

Comme chaque fois, la sylphe ne put s'empêcher de tressaillir. Elle répondit par ces vers :

— *Au Pays-de-Nulle-Part*
Là où s'efface le temps
Il y veille un Pan
Sur les enfants qui s'égarent…

Aussitôt, la voix conclut ce poème qui semblait être un message crypté :

— … *parmi les chimères.*

Puis, sur un ton un peu cérémonieux :

— Entre, petite sylphe, sois la bienvenue en la demeure de Swann le Fol et de Tylwenn le Sage ! Le Pan t'attend.

Étincelle, qui papillonnait sur place le temps de ce bref échange, fila alors jusque dans l'antre troglodyte de ses mystérieux hôtes.

Malice n'était pas parvenue à retrouver Étincelle. Et c'est à bout de souffle qu'elle parvint bientôt sur les rivages à l'ouest de l'Île du Pan, sur la plage dite *des Naufragés.* La légende racontait que chaque forte tempête faisait s'échouer sur les récifs bordant cette rive les navires imprudents. On ne savait cependant rien de ce qu'il advenait des éventuels survivants qui avaient donné leur nom à cette partie de l'île. En vérité, seule une vieille chaloupe percée de toutes parts trônait là, tel un vestige, sur cet océan de sable. De temps à autre la mer venait frapper la coque vide, laissant sur le bois rongé par le sel de légères traînées d'écume.

La sylphe s'en voulait. Sa langue trop bien pendue lui avait une fois encore joué un mauvais tour. Il lui faudrait faire preuve d'habileté et compter sur la bonté naturelle d'Étincelle pour espérer son pardon… Elle l'aimait comme une sœur mais au fil du temps, elle acceptait de moins en moins bien sa propension à prendre toujours la parole à bon escient, sans jamais un éclat de voix. Et le pire dans tout cela ? Elle avait toujours raison ! C'est bien en cela qu'elle était devenue insupportable aux yeux de Malice qui, par pur esprit de contradiction, s'amusait à la titiller dès que l'occasion se présentait. Soudain, un grondement sourd la fit sursauter. Vive comme une anguille, elle plongea dans le ventre de la chaloupe percée et, les oreilles aux aguets, elle attendit sans un souffle que le son se répète. Mais ce fut une détonation d'un autre genre qui rompit l'interminable attente. Poussée par la curiosité, elle se risqua à jeter un œil au-dehors.

Une déflagration venait de retentir, provoquant d'un coup, des arbres bordant la plage, l'envol d'une nuée d'oiseaux aux couleurs vives. C'était Amadi qui, du bateau, venait de tirer un boulet de canon vers le ciel. Le signal que le duel allait pouvoir commencer.

Chapitre 11

— À vos armes, mes chers ! claironna Jane Crown en désignant les sabres et les pistolets chargés de poudre que Melvil présentait sous les yeux des deux protagonistes du duel.

On avait libéré de leurs chaînes les poignets endoloris de Peter ; des marques cylindriques violacées témoignaient encore de sa captivité. Flynn s'avança le premier, le regard dur, et se saisit sans hésitation des deux armes, une dans chaque main. Peter, sentant le soleil sertir son front de sa lame brûlante, l'imita non sans difficulté. L'arme à feu, et plus encore le sabre courbe dont la taille et le poids étaient inappropriés pour un garçon de son âge, peinaient à tenir entre ses doigts moites. La sueur lui perlait sur le front. Il sentit son estomac se nouer quand la capitaine des pirates leur intima de faire volte-face de manière à suivre une direction opposée, d'avancer de quinze pas et de ne point se retourner avant la fin du décompte qu'elle entama elle-même d'une voix forte :

— Un… deux… trois… quatre…

Peter craignit un instant que ses jambes ne chancellent alors que ses pieds nus entamaient cette marche au rythme funeste sur la plage mais, raidissant les membres, il tint bon.

— Cinq… six… sept… huit…

Le ciel lui paraissait tournoyer au-dessus de sa tête, les cris des oiseaux marins résonnaient à présent dans son crâne comme des hurlements de harpies. Le garçon chercha un point à fixer au loin mais cet endroit du rivage de l'île ne lui renvoya que sa mer de sable vide de tout.

— Neuf… dix… onze… douze…

Il y avait bien la forêt dont la densité aurait pu lui faire office de refuge si les quelques mètres qui le séparaient d'elle ne lui semblaient pas à cet instant une distance insurmontable à parcourir. Il se concentra sur le pistolet qu'il serra plus fort dans sa main droite, tout en traînant péniblement le sabre de la gauche.

— Treize… quartorze… quinze !

Peter se retourna vivement et leva l'arme à feu lorsque, clignant des yeux, il vit une ombre fondre sur lui…

Bam !

Le coup était parti. Du canon du pistolet de Flynn s'échappait une fumée noire. Celui de Peter jonchait le sol avant qu'il n'eût pu s'en servir. L'enfant s'affaissa lentement sur les genoux, se sentant d'un coup dépourvu de toutes forces. Une goutte de sang glissa sur le sable de la plage où le silence s'était fait. Le temps semblait suspendu. Seules quelques mouettes virevoltaient au-dessus de lui tel un mobile au-dessus d'un berceau. Il porta deux doigts à sa tempe droite. Un liquide poisseux s'immisça entre ses phalanges. Sa vue se brouilla. Les sons ne furent plus que d'étranges échos. La mer, le ciel, les pirates, les oiseaux, tout se mêla dans son esprit.

Après le coup de feu, les éléments s'étaient brusquement figés. La mer paraissait ravaler ses vagues, les mouettes riaient sous cape, et le vent ne secouait plus les feuillages de la forêt. La Nature semblait retenir son souffle face au cruel épilogue du duel.

Au centre de l'arène de sable fin, Melvil rompit d'un cri d'effroi la fausse quiétude qui régnait parmi les pirates :

— Non !

L'attrapant par le col, la capitaine eut tôt fait de convaincre l'adolescent d'abandonner toute velléité d'intervention.

— Ne bouge pas, mousse. Et laisse le combat s'achever.

À ces mots que Flynn prit pour une sentence, le pirate à l'unique anneau d'or se rua sur son adversaire, le sabre en avant, dans un mugissement sourd. Alors que la lame était presque à portée du jeune poitrail qui s'offrait à elle, sans que Peter, comme hypnotisé, n'esquissât le moindre geste, un événement impromptu se produisit. Le corps du garçon, soulevé par des fils invisibles, s'éleva dans le ciel azuré du Pays-de-Nulle-Part sous les yeux interloqués de Jane Crown et de ses hommes.

Chapitre 12

Pris d'un élan de liberté, Peter survolait l'Île du Pan. Il n'avait plus mal à présent, comme si l'affrontement avec le pirate sur la plage n'était plus qu'un affreux souvenir. Écartant les bras, il laissait le vent fouetter son visage et se sentait plus vivant que jamais. Par quel miracle avait-il pu s'échapper ainsi ? Peu importe. Sans doute l'un des nombreux mystères de ce monde étrange. Frôlant les nuages, il monta très haut jusqu'à ce que la capitaine Crown et ses hommes ne fussent plus que des fourmis minuscules s'agitant là, tout en bas. Puis, il s'engagea en direction du cœur de l'île, d'où émergeait, ceinturée par la forêt ondoyante, une montagne impressionnante. Brusquement, le temps changea et un frisson parcourut le garçon de la tête aux pieds. Le vent montait en puissance et Peter commença à sentir les bourrasques tournoyer autour de lui et empêcher sa progression. Ne s'en laissant pas conter, il rentra sa tête dans les épaules et plongea vers la crête de la montagne, intrigué par cette fumée qui glissait vers le ciel.

— Pas là, Peter. Non, rebrousse chemin.

Il haussa les sourcils et freina instinctivement sa course. Quelle était cette voix qui semblait prendre possession de son esprit, l'incitant à la prudence ?

Le souffle du vent prenait de plus en plus de force à mesure qu'il avançait et, bientôt, Peter dut se rendre à l'évidence : la montagne s'éloignait de lui peu à peu car cette muraille de vent le repoussait ! Regardant vers le sol, il aperçut une petite clairière parmi les arbres. *Soit*, se dit-il, *me voilà bien fatigué après ces épreuves. Je mérite une pause. Mais je ne m'avoue pas vaincu.* Ainsi, tout en se dirigeant à contrecœur vers la terre ferme, il se jura de déjouer le sortilège qui protégeait l'accès à cette mystérieuse montagne. Peter nota qu'il avait progressé dans sa technique d'atterrissage, alors que ses pieds touchaient le sol avec plus d'assurance que la dernière fois, sur le pont du *Jolly Roger*.

Il jeta brièvement un œil autour de lui : la clairière était constituée d'un plancher d'herbe et de mousse poussant entre les cailloux grossiers. Des arbres et des plantes de diverses essences, comme le laissait supposer la forme et la couleur des troncs, des feuilles, en dessinaient une clôture naturelle. La densité du feuillage permettait tout de même d'entrapercevoir l'orée de plusieurs sentiers.

Subitement, la lassitude s'empara de lui. Il sentit avoir perdu toute sa vigueur. Et puis à nouveau son crâne lui fit mal. Il porta la main à sa tempe, là où la balle du pistolet de Flynn l'avait éraflé. Ses doigts effleurèrent les traces de sang séché. À ce contact, une bouffée de chaleur l'envahit. À bout de forces, il s'écroula, inconscient.

Chapitre 12

Un vif émoi avait envahi Malice qui avait écarquillé ses yeux flamboyants au moment de l'envol de Peter. D'un trou dans la coque renversée de la chaloupe, elle n'avait rien manqué du drame qui se jouait sur la plage des Naufragés. Elle avait bien pensé à utiliser la poussière d'étoiles pour le tirer de cette mauvaise passe, mais tout s'était déroulé si vite ! Et, dans son souvenir, jamais un humain n'était parvenu à s'élever ainsi sans l'aide d'un sortilège. Comme un pantin qui s'anime, Peter était devenu un oiseau parmi les autres et il était monté vers le ciel sans souci des jurons que lui lançaient à tout-va les pirates dépités. La sylphe, médusée, eut enfin le réflexe de quitter son abri de circonstance et se lança à la poursuite de l'enfant. C'est alors qu'elle vit apparaître Étincelle au travers des nuages. Elle était accompagnée d'une ombre familière. Ils dominaient le garçon, le survolant de quelques mètres et semblaient le guider à distance. Elle poussa un soupir de soulagement et les rejoignit à tire-d'aile.

Lorsqu'il reprit connaissance, Peter entendit :

— Oh, mon garçon, tu es réveillé ! Voici qui va remplir de joie tes petits anges gardiens ! Comment te sens-tu ?

Se frottant les yeux, l'enfant vit, penché sur lui, un être de petite taille dont le visage paraissait sans âge, surmonté d'un crâne lisse et entouré de deux grandes oreilles pointues. Avec un sourire, celui-ci s'excusa :

— Mais je ne me suis pas présenté ! On m'appelle Tylwenn le Sage et, humblement, je veille sur ton sommeil depuis plusieurs lunes.

Peter tenta de se relever de son couchage constitué de feuillages et de plumes, mais cet effort lui parut surhumain.

Le lutin approcha de lui la flamme d'une bougie. Il observa avec une pointe d'inquiétude l'ombre qui se dessinait sur la paroi de la grotte. Les traits de son visage se détendirent.

— Ne crains rien, à présent, tu es sorti d'affaire. Tu retrouveras vite ta vigueur, lui assura-t-il.

Comme le garçon put le constater, pour compenser sa petitesse, le dénommé Tylwenn était juché sur un tabouret afin de se porter à sa hauteur. D'ailleurs, sa tête paraissait disproportionnée par rapport au reste de son corps.

— Où suis-je ? Qui êtes-vous ? murmura l'enfant.

— Que de questions… Je vais prendre la peine d'y répondre mais, d'abord, fais-moi plaisir et mange ceci, fit-il en lui tendant un bol en bois rempli d'une bouillie brune.

Il aida Peter à se mettre en position assise et le laissa porter à ses lèvres une cuillère de la mixture. L'orphelin grimaça. Elle avait un goût de terre et de plantes mais l'estomac du jeune garçon avait manifestement besoin de se remplir. Il vida le contenu du récipient et avant qu'il ne le demande, un autre petit être aux caractéristiques assez semblables au premier, quoique paraissant plus jeune, sortit de la pénombre et dit avec une pointe de fierté :

— C'est de la sourbe de salicorne que j'ai confectionnée moi-même, avec plusieurs ingrédients que mes amies sylphes ont bien voulu cueillir pour toi.

— Drôle de plat que cette… sourbe ! jugea Peter, en détaillant du regard l'endroit où il se trouvait.

— Au fait, je suis Swann le Fol, ajouta le lutin en guise de présentation. Et je te souhaite la bienvenue dans la caverne des gubbins.

L'antre lui faisait penser au terrier d'un animal. D'ailleurs, hormis les flammes de bougies dressées çà et là, aucune lumière naturelle n'éclairait le lieu. Pour le reste, c'était un bric-à-brac d'objets qui s'offrait à sa vue : ustensiles de cuisine, marmites et pots de toutes formes et de toutes tailles remplissaient un pan entier de la pièce, accueillis sur des étagères creusées dans la roche. Un autre côté était dédié à des ouvrages et des rouleaux de parchemins qui se comptaient par centaines. Devant cette bibliothèque improvisée, un petit bureau de bois sur lequel étaient disposés une chandelle, un encrier et une plume blanche. Enfin, contre l'un des pans de la caverne, un âtre au-dessus duquel était percé un trou faisant office de cheminée.

C'est par un autre orifice, un peu plus large, que surgirent soudain deux silhouettes que Peter reconnut tout de suite.

— Malice ! Étincelle !

— Oh, Peter ! Te revoilà revenu à la vie, s'exclamèrent-elles en chœur, en voltigeant de joie.

Le jeune garçon était rassuré. Les sylphes ne lui tenaient pas rigueur pour leur avoir faussé compagnie à son arrivée au Pays-de-Nulle-Part.

— Le Caladrius nous a bien aidés, éclaira Tylwenn le Sage, alors qu'un oiseau au plumage blanc immaculé venait se poser en sifflant sur l'épaule du gubbin.

— Ses plumes ont un pouvoir de guérison extraordinaire, précisa Swann le Fol. Il nous est essentiel pour la fabrication des potions.

Peter toucha la tempe que la balle de Flynn avait effleurée. Elle était lisse comme s'il n'y avait jamais eu de plaie. Le Caladrius reprit son chant mélodieux. En entendant siffler gaiement l'oiseau, Peter se rappela son ami, le petit joueur de flûte Jimmy Jarvis, qui était resté là-bas, à l'orphelinat. Il s'en voulut de l'avoir oublié si vite. S'il était venu avec lui au Pays-de-Nulle-Part, il n'en aurait pas cru ses yeux, pour sûr ! Peter s'enquit alors auprès des gubbins :

— Il n'y a pas d'enfants ici… je veux dire, d'autres que moi ?

La voix de Tylwenn devint soudain grave :

— Il y a eu beaucoup d'enfants comme toi, il fut un temps, au Pays-de-Nulle-Part. Mais aujourd'hui il ne reste que…

— L'Enfant-Pan, prononça une voix semblant venir des airs.

Peter crut reconnaître les intonations de la voix qui lui avait parlé dans la tête lorsqu'il avait survolé l'île après le duel sur la plage. Il attrapa la chandelle la plus proche et la souleva à hauteur de bras. Dans l'obscurité de la voûte de la grotte, flottant au-dessus de lui, se dissimulait un enfant. Ce dernier vint se poser près de lui. Ébahi, Peter ne pouvait quitter des yeux le garçon à la chevelure fauve en broussaille, vêtu d'une simple tunique brune qui lui couvrait la taille. Pour le reste, il était pieds nus et sa poitrine était simplement habillée d'un étrange talisman, attaché au bout d'une grossière ficelle de cuir. Le garçon posa ses iris gris sur lui comme s'il l'examinait.

— Ainsi, c'est donc toi Peter ! Moi, je suis l'Enfant-Pan. Mais tu peux m'appeler Egon. Les sylphes ont bien choisi, poursuivit-il tout en continuant à le détailler du regard. Ni trop grand, ni trop petit. Tu me plais !

Il prit Peter par le bras pour l'entraîner hors de la couchette.

— Allons jouer !

— Enfin, Egon ! intervint Tylwenn. Peut-être notre jeune ami a-t-il besoin de se reposer un peu après ses récentes mésaventures ?

— Ah ? fit l'Enfant-Pan en arrêtant son geste. Sans doute, oui. Il est vrai que tu as fait fort, Peter. Heureusement que j'étais là pour te sortir des griffes des pirates !

— Moi aussi ! protesta Étincelle.

— Et moi ! surenchérit Malice.

— C'est vrai, je vous oublie. Pardon, mes jolies fées.

Les deux sylphes rougirent en tournoyant dans les airs à la remarque d'Egon. Elles aimaient les compliments et le Pan savait comment les flatter. Il annonça d'un ton autoritaire à Peter qui n'avait pas encore dit un mot :

— Repose-toi chez mes amis gubbins jusqu'à demain. À l'aube, je viendrai te chercher et je te ferai découvrir l'Île du Pan.

Puis, il toucha le talisman qui pendait à son cou et quitta la grotte en s'envolant, suivi de Malice et d'Étincelle.

Resté seul avec les gubbins, Peter se demanda s'il n'avait pas rêvé.

— C'est lui qui m'a sauvé sur la plage ?

Il était déçu. Il pensait avoir pu s'envoler par sa seule volonté. Manifestement, il n'avait pas ce pouvoir. Swann le Fol lui répondit avec emphase :

— Oui. C'est Egon Pan, l'être le plus important de notre Monde. Il en est le garant. C'est lui qui doit veiller à ce que demeure l'harmonie au Pays-de-Nulle-Part. Sans lui, notre Monde se mourrait.

— Chacun a son rôle dans ce fragile équilibre, ajouta Tylwenn le Sage. De l'existence des uns dépend la survivance des autres. Mais tous n'en ont pas bien conscience. C'est pourquoi la Nature a voulu qu'il y ait un Pan pour orchestrer tout cela.

— Mais moi, qu'est-ce que je viens faire là-dedans ? interrogea Peter, qui ne comprenait pas très bien.

Tylwenn haussa les sourcils et dit :

— Nul n'est fait pour vivre seul. Pas même un Pan. Egon est un enfant, cela ne t'a pas échappé. Il se languissait depuis trop longtemps et nous, petits êtres du Pays-de-Nulle-Part, nous nous sommes inquiétés car la mélancolie le gagnait et menaçait de le détruire.

— C'est pourquoi les sylphes s'en sont allées dans l'Autre Monde, pour lui trouver un compagnon de jeu, conclut Swann comme une évidence.

Peter ne dit rien. Il se contenta de hocher la tête. Il ne savait que penser du rôle qui lui était dévolu sur cette île et s'il saurait s'en accommoder. Il se rallongea sur le couchage de feuillages et de plumes et regarda pensivement le plafond de la caverne des gubbins.

Sur le *Jolly Roger*, l'atmosphère était autrement plus orageuse. La capitaine Crown vitupérait :

— C'est encore un coup de ce diable d'Egon Pan ! Il nous file entre les doigts depuis trop longtemps et se joue de nous à la moindre occasion. Nous avons été suffisamment patients, il faut en finir !

— Heu ! Heu ! renchérit Amadi, en montrant le poing.

— Oui, mais comment, cap'taine ? demanda Jack Bel-Œil.

— Il nous faut utiliser cela, indiqua-t-elle en posant un doigt sur la tempe du pirate. Vous êtes une bande de moineaux écervelés. À nous de nous montrer plus rusés que l'Enfant-Pan pour avoir raison de lui.

— Je suis d'accord, capitaine, dit le mousse Melvil qui savait qu'il ne fallait pas la contrarier.

Jane Crown saisit sa longue vue et scruta le ciel de l'île comme si elle espérait y voir apparaître celui qu'elle considérait comme à l'origine de tous ses maux.

— Je t'aurai bien un jour, Egon. Et ce jour-là ma lame fera couler le sang du Pan.

Chapitre 13

Au petit jour, comme promis, l'Enfant-Pan était déjà présent dans l'antre des gubbins.

— Peter ! Réveille-toi ! Nous avons beaucoup à faire aujourd'hui !

Peter, secoué sans ménagement par Egon, se frotta les yeux.

— Il est encore tôt, se plaignit-il dans un bâillement.

— Non, il est l'heure de se lever, insista le Pan en le tirant hors du couchage par les chevilles.

Contraint et forcé, le garçon se mit sur ses pieds. Une agréable odeur d'œuf frit embaumait la caverne. Swann le Fol s'affairait au fourneau.

— Attablez-vous les enfants ! Il ne faut pas partir en expédition le ventre vide. Je suis allé ramasser quelques œufs de mouette bien frais et des mangoustans[1] pour votre petit déjeuner.

Deux gobelets remplis de lait de coco trônaient également sur la petite table. Les garçons s'assirent sur

---

1. Fruit exotique à la chair fondante.

un tabouret de bois et dévorèrent avec appétit ce que leur avait préparé le gubbin. Quant à Tylwenn le Sage, il était absent. Swann devina la question.

— Tylwenn est allé tôt ce matin cueillir de la salicorne fraîche nécessaire à la fabrication de la sourbe. C'est notre mets préféré, précisa le gubbin, avec un clin d'œil complice.

Une fois le repas avalé, les deux enfants quittèrent la maison troglodyte et parcoururent à genoux la petite galerie creusée dans la roche. Sur la corniche, Egon dévoila une échelle de corde cachée dans un buisson à la sortie du tunnel. Il entreprit de la dérouler.

— On ne peut pas descendre en volant ? interrogea Peter d'un air candide.

— Oh si, bien sûr, on pourrait ! répondit Egon. Mais ce serait moins amusant !

Et il sauta sur la première marche de l'échelle en riant. Peter le suivit, peu rassuré par l'instabilité du système. Mais ils parvinrent au sol quelques instants plus tard sans encombre. L'enfant à la tignasse fauve porta deux doigts à la bouche et émit un sifflement strident. On entendit des bruits de sabots. *Des chevaux*, songea Peter. Puis deux créatures sortirent des fourrés : jusqu'à l'encolure, il s'agissait en effet de chevaux, mais le reste du corps était celui d'un homme. *Des centaures*, corrigea Peter, bouche bée. Il avait déjà entendu parler de ces êtres légendaires mais c'est bel et bien la première fois qu'il en croisait un. Celui qui prit la parole avait une robe bai brune et était dominé par un homme de bonne stature, aux bras puissants et à la poitrine aussi velue que le bas de son visage.

— Bonjour Egon, dit-il. Je vois que tu n'es pas seul aujourd'hui. Est-ce le garçon dont j'ai entendu parler ?

— Bonjour Orpheus, salua l'Enfant-Pan en retour. Oui, c'est bien lui. Peter ! J'aimerais lui faire découvrir l'île à dos de centaure, si vous êtes d'accord, mes amis.

— Bien sûr, fit le second centaure, dont la robe alezane brillait.

— Merci Gedeus. Grimpe, Peter. On y va !

Non sans difficulté, le jeune orphelin escalada le centaure du nom de Gedeus tandis qu'Egon avait sauté d'un bond sur le dos d'Orpheus.

— Accroche-toi bien, lui conseilla-t-il.

Et, sans crier gare, les centaures filèrent au galop dans les tréfonds de la forêt. Peter s'agrippait comme il pouvait à la longue crinière de Gedeus. Il crut bien perdre sa monture à une ou deux reprises mais parvint finalement à trouver un équilibre satisfaisant, qui lui fit presque apprécier le mode de déplacement. Au bout d'un moment, les centaures ralentirent puis franchirent d'une rive à l'autre une petite rivière qui coulait paisiblement au cœur de la forêt. Ils la longèrent quelques dizaines de mètres en amont jusqu'à ce qu'ils parviennent à une cascade scintillante qui se déversait lentement sur les galets polis du cours d'eau. Les garçons descendirent de leur monture et Egon entraîna Peter jusqu'à la base d'un arbre immense, dont les racines épaisses sortaient en partie du sol.

— Voici l'Arbre-hôte, déclara-t-il. C'est là que j'habite, tout en haut.

En levant les yeux vers la cime, on pouvait en effet observer à travers les branches une petite cabane.

Cette fois, Egon choisit la voie des airs et, touchant l'amulette qu'il portait à son cou, il emmena Peter dans son sillage jusqu'à la petite cabane en question. Étincelle et Malice attendaient les deux enfants dans la pièce unique. Celle-ci était meublée sommairement. On y trouvait un hamac suspendu entre deux poutres, quelques étagères ici ou là sur lesquelles étaient disposés des bougies et d'autres objets hétéroclites. Une canne à pêche rudimentaire, enroulée d'un fil et d'un hameçon, était laissée négligemment dans un angle. Egon claironna :

— Mes jolies sylphes ! Regardez qui j'amène !

Comme à leur habitude, les sylphes gratifièrent Peter d'une danse élégante en guise de bienvenue. Pendant ce temps, l'Enfant-Pan avait ramassé un morceau de filet sur le sol et des cordages. Il entreprit de confectionner un hamac pour son nouvel ami.

— Tu habiteras avec moi, dorénavant ! décréta-t-il.

— Merci Egon, dit simplement Peter.

Il était touché que celui-ci lui offre de partager son toit et qu'il se donne tant de peine pour qu'il s'y sente à son aise. Il interpella les sylphes, affairées autour d'une bourse de cuir :

— Et vous, que faites-vous ?

— Nous te préparons de la poussière d'étoiles, annonça Étincelle. Nous la recueillons la nuit, lorsque les étoiles filantes brillent le plus fort. Les débris des étoiles qui terminent leur course au Pays-de-Nulle-Part sont difficiles à dénicher. Seules les sylphes ont le pouvoir de les trouver et d'en faire de la poussière magique.

— Désormais, tu pourras voler, comme tous les Enfants perdus, s'exclama Malice.

Chapitre 13

— Ce n'est pas un Enfant perdu ! contesta Egon. Il n'y a plus d'Enfants perdus. C'est juste mon ami, Peter.

Un silence pesant s'installa dans la cabane du Pan. Plus personne ne prit la parole durant de longues minutes. Et puis Peter interrogea :

— Dis-moi, Egon, comment fais-tu pour voler ? Je ne t'ai pas vu utiliser de poussière d'étoiles.

L'Enfant-Pan montra au garçon le talisman qui pendait à son cou.

— Voici le Syrinx. C'est l'amulette du Pan. Grâce à elle, je peux m'envoler, rien qu'en la touchant et même faire voler qui je veux. Il suffit que j'y pense très fort.

Peter était subjugué par ce qu'il découvrait du Pays-de-Nulle-Part. Il n'y avait pas de règles bien déterminées. Mais *des choses qui étaient, et d'autres qui n'étaient pas.* Tout paraissait si simple dans ce Monde. Ainsi, il apprit également de la bouche d'Egon ce jour-là que le temps s'écoulait différemment pour les habitants de l'île. À l'exception des pirates – Egon ne lui avait pas expliqué pourquoi – les autres créatures ne vieillissaient pas. C'était particulièrement le cas pour les enfants. Le jeune orphelin était donc assuré de ne plus jamais grandir. C'était son vœu le plus cher et il était enchanté de parvenir à l'exaucer.

Après qu'Egon eut terminé de lui fixer le hamac qui lui serait destiné, Peter et lui s'installèrent sur une grosse branche tout en haut de l'Arbre-hôte. De là, ils avaient une vue imprenable sur le reste de l'île. Soudain, des battements de tambour résonnèrent. L'Enfant-Pan expliqua :

— Tu as vu la Montagne Fumante au cœur de l'île ?

— Celle où se trouve la grotte de Swann et de Tylwenn ?

— Oui, les gubbins ont pris l'habitude d'y creuser des galeries qui mènent à leurs maisons. Il n'y a guère d'abri plus protecteur. Mais c'est là que se trouve aussi, dissimulé dans les tréfonds de la montagne, le Grand Kabak.

Peter fronça les sourcils, intrigué.

— Les tambours que tu entends sont frappés par des Indiens qui ont un campement, un peu plus loin, sur l'île. Ces tambourinements servent à indiquer combien ils vénèrent le Grand Kabak. Leur nom provient de lui, d'ailleurs. La tribu des Kabakos.

— Et toi, tu as déjà vu ce Grand Kabak ? s'enquit Peter avec intérêt.

Egon ne répondit pas à cette question. Un voile sombre sembla couvrir son visage. Il dit avec gravité :

— Le Grand Kabak est le Maître du Temps au Pays-de-Nulle-Part. Il permet à notre Monde d'être ce qu'il est. Lui et le Pan en sont les deux rouages essentiels, tu comprends ? Si quelqu'un s'avisait de rompre cet équilibre, alors ce serait terrible.

Le menton tremblant, l'Enfant-Pan empoigna Peter par les bras.

— Promets-moi de ne jamais t'aventurer dans l'antre du Grand Kabak ! Il serait impitoyable. Il ne se contenterait pas de ta chair. C'est l'esprit de l'enfant, la jeunesse, l'innocence, qu'il dévorerait !

Le garçon bredouilla :

— Je… je promets.

— Fort bien. J'ai chaud ! lança Egon, en changeant brusquement de conversation. Allons nous baigner !

Chapitre 13

Frottant le Syrinx, il quitta la branche en volant avec Peter et les deux enfants se posèrent doucement auprès de l'Arbre-hôte. Les centaures les y attendaient. Ils grimpèrent sur leurs montures et galopèrent cette fois en direction de la côte. Une magnifique lagune les y attendait. Egon ôta sans attendre la tunique qui ceignait sa taille et plongea nu comme un ver dans l'eau turquoise.

— Qu'est-ce que tu fais ? Viens, elle est très bonne !

Peter se délesta de ses vêtements et se jeta à l'eau à son tour. Il avait appris à nager de manière peu conventionnelle en se baignant l'été dans un petit cours d'eau qui s'écoulait non loin de la ferme des Stubbings. Les deux enfants s'amusèrent un moment à batailler dans l'eau et à faire le poirier. Pour la première fois depuis longtemps, Peter ne pensait plus à sa vie d'avant, en Angleterre. Si l'oubli était un pouvoir qui semblait s'exercer sur cette île, l'Enfant-Pan y était pour beaucoup. Même s'il le connaissait depuis peu, il exerçait une attraction naturelle sur le jeune orphelin. Egon semblait être pour lui comme un frère, un complice de toujours.

Tout à coup, Peter se figea. Il avait aperçu une ombre se faufiler dans l'eau. Il cria :

— Egon ! Il y a quelque chose qui me frôle les jambes !

— Bien sûr qu'il y a quelque chose, gloussa Egon. Il y en a même plusieurs !

C'est alors que trois têtes émergèrent simultanément hors de l'eau à quelques mètres des garçons. Comme mus par un même esprit, les trois êtres nagèrent vers l'Enfant-Pan et entourèrent ses épaules de leurs bras en s'extasiant :

— Egon ! Notre Pan chéri ! À qui donc appartient la délicieuse frimousse que tu nous amènes là ?

Peter, qui n'en était pourtant plus à une surprise près, crut s'évanouir. Trois jeunes femmes à l'opulente poitrine et avec une queue de poisson en guise de jambes se dandinaient devant ses yeux. Il s'exclama :

— Des sirènes !

— Des néréides pour être plus précis, rectifia Egon. Voici Naïa, et Mara, puis Cléô, ajouta-t-il en les présentant. Quant à vous, mes jolies demoiselles, je vous présente mon ami Peter !

Les néréides passèrent alors de l'Enfant-Pan à Peter et le gratifièrent de débordements d'affection :

— Ce qu'il est beau, ce qu'il est mignon, nous devrions l'emmener avec nous !

Peter, d'abord gêné par la situation, se laissa peu à peu envoûter par le pouvoir séducteur des trois femmes poissons. Il répondait à leurs remarques par des sourires béats. C'est alors qu'Egon lui sauta dessus et lui enfonça la tête sous l'eau, éloignant les néréides. Peter réapparut à la surface la figure rouge et cracha de l'eau salée. Il hoqueta :

— Qu'est-ce qu'il t'a pris ! Tu es jaloux parce qu'elles me préfèrent ?

— Mon ami, sache que je viens de te sauver encore une fois la vie, indiqua doctement le Pan. Les néréides sont charmantes mais il faut t'en garder. Car si elles te séduisent et t'emmènent avec elles dans les bas-fonds de la lagune, tu périras noyé !

Ainsi, le Pays-de-Nulle-Part recélait-il mille pièges et dangers qui n'apparaissaient pas toujours clairement au premier abord à celui qui s'y aventurait. Egon décida :

— Assez baignés ! Sortons à présent avant qu'elles ne reviennent.

CHAPITRE 14

Installés sur le promontoire de la falaise, Egon et Peter regardaient le soleil se coucher sur la mer, se fondre en elle en des teintes chatoyantes. Tout en contrebas, ancré dans sa crique, le *Jolly Roger* leur paraissait minuscule. Le Pan avait laissé échapper quelques mots au sujet des Enfants perdus au cours de leurs pérégrinations de la journée. À cette évocation, Peter avait senti combien une fêlure profonde subsistait dans le cœur du Pan. Il dit à Egon d'une voix grave :

— Tu sais, je suis bien placé pour savoir que nos secrets les plus sombres ne sont que des fleurs qui nous dévorent l'âme. Tu peux choisir de les garder enfouis au plus profond de toi mais, crois-moi, ils ne cesseront de te tourmenter qu'une fois que tu t'en seras délivré.

Egon laissa passer un long silence. Puis, prenant une profonde inspiration :

— Les Enfants perdus ne sont pas morts, mon ami. Ils ont simplement grandi, révéla-t-il en soupirant.

— Mais, dans ce cas, que leur est-il arrivé ? demanda Peter, intrigué.

— Il y a bien longtemps, on vivait tous ensemble heureux sur cette île. On partageait les mêmes jeux, on se pourchassait en grimpant dans les arbres de la forêt des sylphes, on allait se baigner dans la lagune des néréides, on s'amusait à prendre le sentier de la guerre comme les Kabakos, continua-t-il, les yeux brillants. Et puis…

Il laissa ses dernières paroles en suspens. L'Enfant-Pan n'avait plus évoqué cette époque révolue avec personne depuis les événements qui avaient tout bouleversé. Il demanda avec une once d'émotion :

— Tu veux vraiment savoir où ils sont maintenant, Peter ?

— Bien sûr, dis-moi.

En guise de réponse, Egon se contenta d'abaisser le bras vers le bateau des pirates qui flottait sous leurs pieds. Il tendit sa main à plat comme s'il pouvait le toucher, s'y agripper, puis referma ses doigts dans le vide. Abasourdi par cette révélation, Peter balbutia :

— Les Enfants perdus sont tous devenus des pirates… Jane Crown, elle aussi… ?

Alors, sortant de son mutisme, Egon le coupa d'un ton sec :

— Tu en sais assez ! Tu es agaçant avec toutes tes questions, maugréa-t-il en le repoussant vivement sur le côté.

Puis il toucha son Syrinx et s'envola dans les airs. Peter resta un moment, pensif, songeant à ces pirates qu'il avait côtoyés lors de son arrivée au Pays-de-Nulle-Part, sans se douter qu'il avait affaire à ce moment-là aux anciens compagnons du Pan. Son cœur était saisi d'une compassion sincère pour ces Enfants deux fois perdus.

Il regretta même à cet instant ce qu'il avait fait subir à ce pauvre diable de Flynn.

Le soleil disparaissait cette fois tout à fait dans l'azur ondoyant. Peter se redressa et reprit tranquillement le chemin de l'Arbre-hôte.

La cabane du Pan était joyeusement animée lorsque le garçon y pénétra à la tombée de la nuit. Ses jambes lui faisaient mal. Il se sentait fourbu. Sa marche avait été longue car il ne lui avait pas été simple de retrouver son chemin dans les méandres de la forêt. De plus, sans poussière d'étoiles, il avait été contraint de faire le trajet à pied. Il trouva Egon en pleine préparation du repas avec Étincelle et Malice pour l'assister.

— Nous sommes en train de te mitonner un plat que tu n'as jamais goûté, mon ami ! lança le garçon aux yeux d'argent en voyant Peter pointer le bout de son nez.

— Oh, pour sûr, tu vas te régaler ! surenchérit Malice en virevoltant autour de lui.

Surpris, le jeune orphelin constatait amèrement qu'Egon agissait selon son humeur. Il ne pouvait accepter que qui que ce soit – y compris le Pan de ce monde – le traite avec autant de désinvolture. Aussi, annonça-t-il sur un ton aigre :

— Merci, mais je n'ai pas faim.

Puis, le visage fermé, il sauta sur le hamac qui lui était dévolu et tourna ostensiblement le dos aux autres.

Étincelle jeta un regard insistant au Pan pour lui faire comprendre qu'il était de son devoir de faire un pas pour régler le différend. En effet, Egon, troublé par son altercation avec Peter, en avait fait part à ses amies sylphes dès son arrivée à la cabane. Une moue traversa son visage et il croisa les bras. Son obstination à vouloir avoir le dernier mot était l'un de ses principaux défauts. Cependant, les sylphes ne lâchèrent pas le morceau. Malice lui souffla à l'oreille :

— Voudrais-tu déjà perdre cet ami, alors que tu l'as attendu si longtemps ?

L'expression d'entêtement quitta alors Egon qui obtempéra. Il posa sa main sur le bras du jeune orphelin.

— Pardonne-moi. J'ai réagi comme un imbécile.

Peter se retourna, puis s'assit sur le hamac en invitant Egon à le rejoindre.

— J'accepte tes excuses. Je t'estime beaucoup, tu sais, même si je te connais depuis peu. Je ne voulais pas te blesser. Je cherche simplement à comprendre ce Monde et, pour cela, à mieux te connaître, toi.

Egon prit alors la main de Peter et lui glissa entre les doigts son amulette magique, le Syrinx qui ornait sa poitrine. L'orphelin put ressentir alors la chaleur qui émanait de l'objet. L'Enfant-Pan posa ensuite délicatement son front contre celui du garçon. Il lui chuchota :

— Ferme les paupières, Peter. Et maintenant… Vois !

La première chose que Peter perçut, ce fut le brouillard. Tellement épais que le garçon était incapable de distinguer quoi que ce soit. Puis la brume se dissipa peu à peu. Des ténèbres surgirent des lumières et des silhouettes d'abord floues. Peu à peu, elles se firent plus nettes, comme si ses pupilles dilatées recouvraient la vue. Tout lui parut plus perceptible. Les visages, les voix. *Des enfants ?* Sept au total. Ils avançaient l'un derrière l'autre, portant des torches. En tête, un timbre nasillard scandait :

— Nous y sommes presque. Venez, mes jeunes amis !

Ils semblaient se trouver dans les méandres d'un étroit labyrinthe souterrain qui les conduisait au cœur de la Montagne Fumante. En seconde position, une fille à la longue chevelure cuivrée suivait en tenant un petit enfant par la main. Le marmot devait avoir à peine deux ou trois ans. Il pleurnichait en serrant contre lui de sa main libre une poupée faite de chiffons. La fille disait :

— C'est encore loin, Gwenndal ?

— Plus trop, plus trop, répétait ce dernier de sa voix nasillarde.

Un gubbin. Tout du moins, à ce qu'en savait Peter, il en avait l'apparence.

Le reste de l'équipée était composé de quatre garçons d'une douzaine d'années. Le premier avait des cheveux bruns en bataille et une expression déterminée. Un enfant à la peau noire suivait. De l'inquiétude se lisait dans son regard. Le troisième avait, sous sa tignasse blonde, un visage d'une douceur angélique. Un dernier garçon aux cheveux roux fermait la marche. Mais ce n'était pas Egon. Ce garçon-là semblait plus rustre et ses traits étaient différents.

Ils parvinrent à une intersection.

— À gauche ! intima le gubbin, sûr de lui.

Le petit groupe emprunta alors un tunnel qui se rétrécissait comme un goulot d'étranglement à mesure qu'ils progressaient. Contraints d'avancer à quatre pattes, la tête enfoncée dans les épaules, ils s'acheminaient avec difficulté en direction de cette lueur bleutée qui paraissait les appeler. Enfin, ils débouchèrent dans une grande salle creusée dans la roche, en partie comblée en son sein par un sombre lac à l'eau saumâtre. Un liquide indigo phosphorescent s'écoulait le long des parois, éclairant faiblement la grotte. Le gubbin annonça :

— Nous y sommes !

Les enfants étaient saisis par le spectacle de cette étrange caverne luminescente. La fille demanda :

— Où est-elle ?

— La Boussole du Temps se trouve dans un coffre. Mais il nous faut prendre garde de ne pas réveiller le Gardien, répondit le gubbin.

Ils s'engagèrent prudemment, la main crispée sur le manche de leur torche. Le froid était saisissant dans la cavité souterraine. Les enfants grelottaient. Il y avait une pente légère qui descendait dans le ventre de celle-ci. Au cœur du lac, ils le virent. Le coffre était là, posé sur un monticule de pierre comme un écrin naturellement creusé pour lui. Inaccessible ou presque. Le gubbin leur souffla :

— Allez-y ! Nous n'avons tout de même pas fait tout ce chemin pour rien !

Alors, la fille prit les devants. Elle lâcha la main du jeune enfant qui s'accrocha comme il put à sa tunique. Mais elle le houspilla :

— Melvil, recule et reste avec les autres !

L'enfant sanglota mais obéit cependant. Il grimpa dans les bras du garçon à la peau noire. Tous retenaient leur souffle en la regardant. Elle délia une bourse qui se trouvait à sa taille et en sortit de la poussière d'étoiles qu'elle répandit dans l'air au-dessus d'elle en une pluie rutilante. Instantanément, elle s'éleva et plana prudemment jusqu'au coffre. À l'intérieur, un objet circulaire y trônait précieusement.

— La Boussole du Temps, chuchota-t-elle, les yeux brillants.

Elle voulut saisir l'objet mais, à cet instant, une bourrasque remplit la cavité, la rendant plus glaciale encore. Le lac immobile s'agita soudainement dans des remous inquiétants. La partie supérieure du crâne d'un monstre aux yeux jaunes de reptile émergea au-dessus de la surface dans un mugissement sourd et lugubre. *Le Gardien*, pensèrent-ils tous en même temps. Le regard hypnotique de la bête était fixé sur la jeune voleuse. Il semblait prêt à surgir hors de l'eau. Incapable de le quitter des yeux malgré l'effroi qu'elle ressentait, elle recula lentement dans les airs et se posa auprès des autres. La tête du monstre s'enfonça alors dans l'eau noire, disparaissant comme il était venu. Le soulagement des enfants fut de courte durée lorsque des paroles caverneuses comme venues d'outre-tombe grondèrent :

— Qui ose venir troubler le repos du Grand Kabak ?

Une forme spectrale se dévoila devant leurs yeux terrifiés. On entendit seulement la course précipitée de Gwenndal qui grimpa sans attendre dans l'étroite galerie et s'enfuit à toutes jambes dans les couloirs du labyrinthe souterrain. La fille ne se démonta pas :

— Nous sommes les Enfants perdus du Pays-de-Nulle-Part.

— Vous vous êtes égarés bien loin de chez vous, Enfants perdus, déclama l'entité.

— Nous voulions la Boussole du Temps, Grand Kabak.

— Pourquoi donc ?

— Pour l'offrir à Egon Pan, répondit-elle.

— La place de la Boussole du Temps est ici. Moi seul en suis le Maître. Vous serez châtiés, jeunes présomptueux, pour avoir voulu vous en emparer.

Un même frisson parcourut l'échine des Enfants perdus. Elle implora :

— Pitié, Grand Kabak ! C'est ce gubbin, Gwenndal, qui nous a amenés ici !

— Oui, surenchérit l'enfant à la peau d'ébène. Il nous a convaincus que voler la Boussole du Temps donnerait à Egon le pouvoir d'être un Pan qui régnerait éternellement sur ce monde.

— Vous avez été naïfs de croire le gubbin. Ce fourbe vous a joué un bien vilain tour. Mais ma colère ne saurait s'en satisfaire. Seule votre mort sera une juste réparation ! décréta la forme spectrale.

Mais alors que, levant un bras vengeur, le Grand Kabak s'apprêtait à accomplir sa sentence, une silhouette jaillit dans la grotte en hurlant :

— Non !

Peter reconnut Egon, tel qu'il est aujourd'hui.

— Tu ne peux les tuer, Grand Kabak. Ce sont mes amis, ma famille, il en va de l'équilibre de notre Monde !

— Enfant-Pan ! Te voilà donc à la rescousse. Cela faisait bien longtemps, dis-moi, fit le Maître du Temps.

— Mon frère, je suis si désolée, se mortifia la fille en pleurs.

Egon la prit dans ses bras en murmurant :

— Ma sœur, qu'as-tu fait ?

— Tu ne pourras pas les sauver de ma colère, Enfant-Pan !

Mais je veux bien t'accorder ta demande. Ils ne mourront pas tout de suite. Mon châtiment sera plus terrible encore. Je les condamne à vieillir au Pays-de-Nulle-Part ! Là où le temps n'a de prise sur personne, il reprendra pour eux sa course folle, annonça le Grand Kabak de son timbre sépulcral.

Les Enfants perdus se pelotonnèrent les uns contre les autres. Une peur sourde leur soulevait le cœur.

— Ce n'est pas tout, reprit le Grand Kabak. Chacun de vous repartira en me laissant le meilleur de lui-même, en souvenir de ce jour où vous avez cru pouvoir me défier !

Alors, il énonça le nom de chacun des Enfants perdus :

— Jack au regard acéré, je te prends un œil. Estime-toi heureux que je te laisse l'autre !

Le garçon aux cheveux bruns s'effondra en criant de douleur. À la place de son œil gauche se trouvait à présent une orbite vide.

— Pegg le vif, je te prends une jambe pour que tu apprennes ce qu'est la lenteur.

Le garçon roux hurla de terreur en voyant disparaître l'une de ses jambes.

— Amadi, l'éloquent, je te prends ta langue bien pendue qui jamais ne te sera rendue !

L'enfant à la peau noire tenta de protester mais il ne put articuler que des « Heu ! Heu ! ».

— Flynn, le plus aimable, le plus doux d'entre tous, je te prive de ta bonté d'âme. Ton cœur sera désormais fait de pierre et ton esprit embrasé de colère.

L'expression du visage du garçon se modifia instantanément. Un rictus mauvais le défigura.

— Melvil…

La fille l'interrompit, en serrant fort le petit enfant dans ses bras, comme si elle pouvait le protéger du sort qui l'attendait :

— Non, pas lui, par pitié ! Il est encore si petit…

— Je t'accorde qu'il n'a pas eu conscience de la triste aventure dans laquelle vous l'avez mené. Mais, ma mansuétude ayant des limites, il sera tout de même condamné à grandir et à vieillir comme vous tous ! Quant à toi, Jane la farouche, la rebelle, je te prends celui qui compte le plus pour toi… Ton frère Egon, l'Enfant-Pan, qui dans ton esprit sera à tout jamais un ennemi mortel qu'il te faudra combattre sans pitié !

Une fois que le sort fut jeté, Jane fixa son frère d'un regard plein de haine. Egon, en suspension dans les airs, laissa glisser des filets scintillants le long de ses joues. Il n'y avait rien à faire contre la puissance du Maître du Temps. Même lui, le Pan, n'y pouvait rien.

Le Grand Kabak conclut par ses mots :

— À présent, quittez ma demeure ! Oubliez tout de ce que vous étiez avant ce jour maudit et ne revenez jamais !

Les Enfants perdus disparurent dans un tourbillon de fumée qui les dissémina sur la plage des Naufragés, à quelques mètres de la crique où mouillait un vieux bateau abandonné.

— Et moi, tu ne me condamnes en rien, Grand Kabak ! s'époumona Egon, au désespoir.

— Oh toi, Enfant-Pan ? lança le Grand Kabak avant de disparaître, ton fardeau est suffisamment lourd à porter comme cela…

À ce moment précis, la brume envahit à nouveau l'esprit de Peter, qui ouvrit les paupières. Sa main relâcha le Syrinx. Il se frotta les yeux. Rien n'avait bougé. La cabane de l'Arbre-hôte, Egon, Malice, Étincelle. Tout était à sa place. Et pourtant tout était tellement différent. Il regarda l'Enfant-Pan avec compassion et lui dit :

— Pourquoi n'as-tu pas cherché à la revoir ? Tu sais pourtant où elle se trouve…

— Je ne lui inspire plus que du dégoût aujourd'hui, répondit Egon en baissant la tête. Le maléfice est si puissant qu'elle ne m'écouterait pas. Ils m'ont oublié et je les ai perdus pour toujours, elle et les autres.

Peter comprit alors à quel point l'Enfant-Pan avait dû souffrir d'une incommensurable solitude. Il sut à ce moment-là pour quelle raison la destinée l'avait amené au Pays-de-Nulle-Part. Et comment il pouvait l'aider. Il posa doucement sa main sur le bras de son ami :

— Egon, serais-tu d'accord pour me prêter le Syrinx ?

Chapitre 15

Cette fois, Peter décida d'agir avec prudence. Traversant l'épais plafond de nuages qui couvrait Londres, il descendit peu à peu en direction de *L'Oiseau Blanc*. Survolant quelques instants le parc afin de s'assurer qu'il pouvait atterrir sans difficultés, le garçon se posa doucement dans la clairière où il avait rencontré Jimmy, aux prises avec Squeeler et sa bande, le jour de son arrivée à l'institut. Cette fois, nulle trace de ces tortionnaires. Peter avait l'intention d'aller retrouver ses amis et de les convaincre de le suivre au Pays-de-Nulle-Part. L'orphelin espérait qu'ils accepteraient de se joindre à Egon et de construire une nouvelle troupe d'Enfants perdus. Il prit le sentier principal qui menait à la bâtisse blanche sans prendre conscience de l'ombre qui se faufilait derrière lui. Soudain, une main se plaqua contre sa bouche tandis qu'une lame caressa sa gorge.

— Ferme-la si tu veux pas que je te saigne comme un porc !

Peter renonça à se débattre. L'autre retira sa main, attrapa le poignet du garçon qu'il tordit dans son dos et lui colla brutalement la joue contre le tronc de l'arbre le plus proche. La lame toujours appuyée sous le menton de Peter, il approcha son visage de ce dernier. Celui-ci, effaré, constata que son agresseur était un gamin à peine plus âgé que lui, même s'il avait déjà la force d'un homme. Il avait le teint pâle et les cheveux clairs. Ses yeux, sous son front saillant, semblaient étrangement enfoncés dans leurs orbites. Il lui beugla :

— Tu vas m'aider, mon gars, ou bien il t'en coûtera, compris ?

Peter cligna des yeux en signe d'approbation. L'autre reprit :

— Je cherche Jimmy Jarvis. Dis-moi où je peux le trouver et je te laisse tranquille.

— Jim… Jimmy ? répéta l'orphelin.

Peter comprit alors à qui il avait affaire. *Ça doit être lui, ce grand frère dont il m'a parlé*, pensa-t-il. *Mais qu'est-ce qu'il peut bien faire ici, à* L'Oiseau Blanc *? Il n'est pas censé être en prison… ?*

John Jarvis – puisqu'il s'agissait bien de lui – enfonça davantage le plat de la lame sur le cou de Peter.

— Alors, parle !

— À cette heure, il doit être en classe avec les autres mais nous partageons le même dortoir. Deuxième étage, troisième fenêtre en partant de la gauche. C'est là que tu le trouveras facilement après les cours.

L'adolescent détendit sa prise et demanda du même ton rustre :

— Dis donc, et toi, pourquoi t'y es pas, avec les autres ?

Chapitre 15

Peter réfléchit le plus vite possible à ce qu'il convenait de répondre. Il prit une profonde inspiration et dit :

— Écoute, Jimmy est mon ami. Je ne veux pas qu'il ait des ennuis. Peut-être je peux t'aid…

Le garçon ne finit pas sa phrase. Il se plia en deux. Il venait de recevoir une sévère bourrade dans les côtes. John Jarvis s'emporta.

— Son ami ? Mon Jimmy n'a pas d'ami ! Il n'a personne d'autre que moi et on s'en est toujours sortis comme ça !

Avant même que Peter pût répliquer quoi que ce soit, l'adolescent le saisit par le col et lui envoya un crochet qui heurta violemment sa tempe et lui fit perdre connaissance.

L'heure était grave à *L'Oiseau Blanc*. L'incendie de l'annexe de l'infirmerie, suivi de la fuite de l'un des pensionnaires, avait mis l'institut pour orphelins sens dessus dessous.

— Personne ne sait où il est ! J'ai interrogé ses compagnons de dortoir, ainsi que tous ceux qui l'ont approché de près ou de loin durant ces dernières heures.

— Un enfant ne peut s'évanouir dans la nature ainsi, Elisabeth ! S'il n'est pas dans ces murs, alors c'est qu'il est…

— … dehors. Oui, Philemon, je le crains, poursuivit Michael Kindman.

Il avait fait prévenir le représentant de l'assistance publique qui avait accouru en apprenant le drame. Tourné vers la fenêtre, son regard sembla se perdre au loin, bien au-delà du mur d'enceinte.

Philemon Perky s'approcha et, posant une main sur l'épaule du directeur de *L'Oiseau Blanc*, il dit en signe de réconfort :

— Vous n'y êtes pour rien, Michael. Vous savez bien que ce garçon était sans doute une cause perdue.

— Soit. Cependant à l'instant même où vous me l'avez confié, j'en suis devenu responsable. Je ne me cacherai pas derrière son histoire personnelle pour renoncer à ma mission. Il faut le retrouver, vaille que vaille. Avant qu'il ne soit trop tard.

À ces mots, il se tourna vers Matrone Beth.

— Nous allons devoir en informer la police. Nous n'avons plus d'autre choix.

La porte du bureau s'ouvrit soudain avec fracas.

— Nous l'avons retrouvé ! Inconscient mais en vie ! débita Howard Hereford, le souffle court.

Le soulagement gagna la pièce.

— Elisabeth, faites venir un médecin, ordonna le directeur.

Les compagnons de Peter avaient largement contribué aux recherches. Jimmy, les jumeaux Fisher, les majors Theobald et Noah, et tous les autres avaient joint leurs efforts. Même Eddy Squeeler avait convaincu Lardon et Bullit d'en être. *C'est le meilleur moyen d'éviter que les soupçons viennent se porter sur nous !* avait-il assuré. Angela s'était elle aussi immédiatement mise en quête du garçon aux yeux verts qui occupait toutes ses pensées. Le bois et le parc n'étaient pas très étendus et pourtant, le disparu était resté introuvable. Il aura fallu une bonne heure de fouilles avant que, au détour d'un sentier, la jeune fille entraperçoive des mèches brunes se faire jour dans les fourrés. Le cœur battant, elle craignit le pire en le découvrant. Peter, couché sur le ventre, était évanoui mais respirait. Elle appela à l'aide. Les secours ne tardèrent pas. Sur l'ordre du directeur, on conduisit l'orphelin dans une chambre de l'appartement des Kindman, puisque l'infirmerie était impraticable.

— Peter ?... Oh, il se réveille, on dirait bien ! dit Angela.

Il cligna des yeux avant que ses paupières ne s'ouvrissent entièrement. L'éclat de la lumière l'éblouit un instant.

— Où... où suis-je ? murmura-t-il dans un souffle.

Il était allongé dans un grand lit. Sa tête, entourée d'un bandage, reposait sur un moelleux oreiller de plumes d'oie. Son crâne lui faisait affreusement mal. Un tambour semblait s'être substitué à ses tempes et ses oreilles bourdonnaient.

— Ne t'inquiète pas. Tu as reçu un choc violent à la tête mais tout va bien à présent, lui assura avec douceur une voix familière, alors qu'une main munie d'une compresse humide essuyait délicatement son front.

— Ma fille Angela est à tes côtés depuis plusieurs heures et, crois-moi, je n'ai pas pu la contraindre de quitter la pièce !

Il leva les yeux. C'était le directeur Kindman qui était présent lui aussi. Les pensées du garçon s'entrechoquaient. Tout lui revenait par bribes : l'incendie, les sylphes, les pirates, l'Enfant-Pan, et puis ce garçon qui l'avait frappé, John Jarvis... Mais qu'y avait-il de réel ? Qu'est-ce qui relevait de son imagination ? Alors que le doute s'instillait dans son esprit, Michael Kindman décréta :

— Nous allons te laisser te reposer à présent. Et puis peut-être t'amener de quoi reprendre des forces. Allons, Angela, tu veux bien aller voir aux cuisines si Mrs Hereford a de quoi nourrir ton jeune protégé ?

La jeune fille rougit et acquiesça. Un instant plus tard, elle avait disparu sans plus attendre, les laissant seuls.

— Il faudra que l'on reparle de tout cela Peter, quand tu iras mieux.

Michael Kindman laissa passer un silence.

— Au fait, il y avait cela près de toi, à l'endroit où on t'a retrouvé évanoui.

Il balança un pendentif au-dessus du visage du garçon. Le Syrinx ! Peter tendit la main pour le saisir.

— Mm… merci, susurra-t-il du bout des lèvres.

— De rien, mon garçon. Je suppose que tu dois tenir à cet objet, glissa le directeur en quittant alors la pièce.

Peter serra avec fébrilité l'amulette dans son poing. Il n'avait donc pas rêvé. Le Pays-de-Nulle-Part existait réellement. Il comprit que le temps s'écoulait différemment d'un Monde à l'autre. Son séjour sur l'Île de Pan n'avait duré que le temps de quelques heures ici.

Il n'avait pas été facile de convaincre l'Enfant-Pan de lui confier le Syrinx. Surtout pour l'emporter avec lui à Londres.

— Tu n'as qu'à prendre de la poussière d'étoiles ! Les sylphes t'en ont confectionné, avait d'abord objecté Egon, en croisant les bras.

Mais Peter avait besoin du pouvoir exceptionnel de l'amulette magique pour parvenir à ses fins. Quant au Pan, il ne pouvait quitter le Pays-de-Nulle-Part sans risquer de le voir se flétrir.

— Le Syrinx est bien plus puissant que la poussière d'étoiles. Je sais que l'Enfant-Pan l'a toujours avec lui mais je ne serai pas parti bien longtemps, et j'en prendrai bien soin. Fais-moi confiance.

Était-ce la crainte de perdre celui qu'il attendait depuis si longtemps, ce garçon qui était plus qu'un ami, un double, un miroir de lui-même ? Quoi qu'il en soit, Egon avait lentement dénoué la ficelle qui lui ceignait le cou puis avait déposé le Syrinx dans la paume de Peter. Il avait simplement dit :

— Rentre vite.

Peter réajusta l'amulette autour de son cou. Il s'inquiétait de la tournure que prenaient les événements. Lui qui voulait faire un retour à *L'Oiseau Blanc* en toute discrétion, c'était raté ! Ce qui le tourmentait le plus, c'était cette brève rencontre avec John Jarvis, le frère de Jimmy. Il n'était pas près d'oublier le regard rempli de haine de ce garçon. *Il aurait pu me tuer*, pensa-t-il avec effroi. Pourtant, par-delà la violence dont avait fait preuve l'adolescent, Peter percevait la sincérité de son cœur. Il voulait retrouver son petit frère, Jimmy. Il se sentait incapable de le juger, encore moins de le dénoncer. Une question lui taraudait d'ailleurs l'esprit : *Peut-être aurais-je fait la même chose à sa place ?*

Le cas du jeune Hawkson allait alimenter toutes les conversations ce jour-là, aussi bien celles des adultes que celles des enfants. Lors du repas, les débats furent animés.

— Je ne peux pas croire que Peter ait fait ça, s'exclama Jimmy.

— Après tout, nous le connaissons si peu, répliqua le major Noah. Qu'est-ce qui te dit qu'il n'en est pas capable ?

À la tablée, les expressions indécises de tous, des frères Fisher jusqu'à Remus, en passant par Charlie et Jake, montraient combien chacun hésitait entre incrédulité et doute.

De leur côté, Eddy Squeeler et ses comparses n'avaient pas le même sentiment. Fiers du mauvais coup joué aux dépens du garçon qui avait osé les défier, ils se plaisaient à quelques réjouissantes allusions.

— Les gars, cet incendiaire ne va pas… faire long feu ici, je vous le dis ! ironisa Squeeler, en se tenant les côtes.

— Arf ! Et encore, il s'en sort bien. Il aurait pu rôtir comme un poulet ! blagua Bullit, qui était le véritable responsable du sinistre dans l'annexe de l'infirmerie.

Lardon, moins enclin aux traits d'esprit, se contenta de se tordre de rire en songeant qu'il avait bien manœuvré au moment de glisser la boîte d'allumettes dans la poche de leur victime.

Quant aux adultes, ils n'étaient pas en reste.

— Ce garçon a le diable au corps, je l'ai vu tout de suite ! assura Matrone Beth.

— De là à mettre le feu, s'indigna Mr Fogg, le professeur de mathématiques et de sciences de l'école.

— Est-il vrai qu'il avait des antécédents pour ce qui est des incendies ? questionna avec un accent pointu Miss Coddle, qui enseignait l'anglais et la musique aux pensionnaires.

Chapitre 15

Michael Kindman fronça les sourcils en jetant un œil noir à Matrone Beth, qui fit mine de ne pas relever.

— La manière forte, ces gredins-là ne fonctionnent que comme ça, c'est moi qui vous le dis ! décréta Mr O'Connor, un homme aux épaules carrées qui se chargeait des activités de gymnastique et de l'entraînement du cricket.

Un murmure d'approbation parcourut la table, à laquelle se trouvaient également Howard Hereford et le bibliothécaire Bob Shennigan, un petit homme si discret que l'on connaissait à peine le son de sa voix

— Nous ne pouvons pas laisser ce crime impuni, Michael ! reprit Matrone Beth, sentant que le moment était propice pour faire fléchir le directeur, un peu trop laxiste à son goût.

Ce dernier lança un regard circulaire sur l'assemblée attablée à ses côtés. Il n'aimait pas qu'on lui force la main. Et pourtant, cette fois, il ne voyait pas comment éviter de prendre la décision qu'il redoutait. Il annonça d'une voix vacillante :

— Nous réunirons le Conseil de l'institut demain matin.

Puis, il posa ses couverts et quitta la table. Cette discussion lui avait coupé l'appétit. Sa position de directeur impliquait qu'il en accepte les contraintes mais il se soumettait toujours difficilement à la résolution de châtier un enfant, quelle que soit la nature des actes commis. Il lui fallait maintenant annoncer la réunion du Conseil au jeune Hawkson, mais aussi faire comprendre ce choix à sa fille Angela. Elle qui n'avait quasiment pas quitté le chevet du garçon… Cet attachement l'inquiétait d'autant plus qu'il ne se faisait guère d'illusions sur le verdict qui serait rendu le lendemain.

Angela Kindman ne savait pas dire ce qu'elle ressentait réellement. Son cœur débordait d'une tendresse presque maternelle pour cet étrange garçon aux yeux verts qu'elle avait retrouvé dans les bois. Mais un sentiment plus puissant encore l'envahissait. Son intuition lui laissait penser qu'il ne pouvait être responsable de tout ce qu'on lui reprochait. Assise près de son lit, elle le regardait dévorer avec avidité le pain, le fromage et les fruits qu'elle avait pu lui trouver dans le garde-manger. Quand il eut terminé, il repoussa son plateau et leva les yeux vers elle en signe de gratitude.

— Tu avais faim, dis-moi ! fit Angela, gaiement.

Peter sourit. Il ne savait pas pourquoi mais cette fille lui inspirait confiance.

— Tu es très gentille avec moi. Excuse-moi mais je n'en ai pas trop l'habitude, commença-t-il.

Elle mit alors sa main dans celle du garçon alité. Plus encore que la première fois, à la bibliothèque, ce contact provoqua chez Peter une sensation de chaleur intense, telle qu'il n'en avait jamais connu. Angela lui souffla :

— Je sais que tu n'as pas mis le feu, que tu es innocent. Moi, je te crois.

Ce qui se déroulait, Peter ne l'avait pas prévu. Il était revenu pour Jimmy et les jumeaux Fisher. La jeune fille instillait le doute dans son esprit. Il hésita un instant, puis il l'attira doucement vers lui.

— Viens ! Je veux te confier un secret…

Chapitre 15

Il approcha le cœur battant ses lèvres de l'oreille d'Angela, jusqu'à la frôler. C'était la première fois que leurs visages étaient si proches. La jeune fille ferma les yeux, s'attendant à un doux baiser qui ne vint jamais. Au lieu de cela, ses yeux s'écarquillèrent au fur et à mesure que lui parvint le chuchotis du garçon. Le charme fut instantanément rompu. Leurs mains se délièrent. Elle éclata :

— Mais Peter, comment peux-tu me demander de quitter mon père, ma vie à Londres ?

— Je pensais que balbutia l'orphelin, déçu.

— Je t'aime beaucoup, Peter. Je voudrais que l'on reste toujours ensemble.

Le garçon pensa : *Oui, mais pas ici, pas dans ce Monde.* Elle reprit les yeux brillants :

— Je rêve de me marier un jour, d'avoir des enfants, d'habiter une jolie maison à Londres et pour cela, il faut grandir, Peter !

— Alors, nous ne grandirons pas ensemble, répliqua-t-il, avec de l'amertume dans la voix.

Angela ne dit plus rien. Elle se leva et quitta la chambre en essayant de masquer les larmes qui lui venaient.

Chapitre 16

Le Conseil de l'institut se réunissait rarement. Il fallait un événement exceptionnellement grave pour que cela se produise. L'incendie de l'annexe de l'infirmerie en était un. Aussi, ce matin-là, vers neuf heures, chacun retenait son souffle au moment où les membres pénétrèrent dans la grande salle du réfectoire qui avait été réaménagée pour l'occasion. Tout avait l'apparence d'un tribunal. Michael Kindman s'installa au centre de la table positionnée sur une estrade. À sa droite se trouvait Matrone Beth, et à sa gauche Howard Hereford. Les autres membres occupaient les places latérales. Il y avait là l'ensemble du personnel de *L'Oiseau Blanc* : les professeurs Mr Fogg, Mr O'Connor, Miss Coddle, le bibliothécaire Bob Shennigan et même Mrs Hereford, la gardienne et cuisinière de l'institut. Tous les huit allaient avoir la lourde tâche de juger de la culpabilité de Peter.

Ce dernier avait passé la nuit dans la chambre de l'appartement des Kindman. Il n'avait pas été autorisé à en sortir, ce qui avait causé une certaine frustration chez le garçon qui n'avait pas pu revoir ses plus proches camarades de l'école. Il avait cependant peu dormi. En pleine nuit, des cris l'avaient réveillé, bientôt suivis du bruit sourd d'une cavalcade dans les étages inférieurs. Lorsqu'il avait entendu des voix s'élever à l'extérieur, il s'était levé pour observer à la fenêtre. Il avait distingué plusieurs ombres en pourchasser une autre et, un peu plus tard, avait entendu retentir des sifflets de policiers venant de la rue. Lorsqu'un calme apparent fut enfin revenu, Peter se recoucha sans parvenir à retrouver le sommeil. La journée promettait d'être décisive, à plus d'un titre.

Matrone Beth monta le matin avec une légère collation que le directeur avait demandé qu'on lui fasse porter. Elle lui laissa également un peu d'eau dans une bassine émaillée pour qu'il fasse un brin de toilette. Elle semblait différente de la dernière fois où il l'avait vue. Son visage était marqué, son souffle plus court.

— Ne traîne pas, tu es attendu dans une heure pour le Conseil, l'informa-t-elle, la voix moins assurée que d'habitude.

Ses traits tirés laissaient supposer qu'elle avait été aux premières loges durant cette nuit agitée.

Quant à Angela, elle s'était totalement effondrée lorsque, la veille, son père lui avait annoncé la nouvelle.

— C'est injuste ! Il n'a rien fait, il ne mérite pas ça ! avait-elle sangloté.

Michael Kindman n'avait rien trouvé à répondre pour consoler sa fille. Celle-ci avait cru bon, pour sa défense, de raconter à son père une part de ce que lui avait confié Peter au sujet du Pays-de-Nulle-Part. Ce discours effara le directeur qui craignit alors pour la santé mentale de l'enfant. C'est pourquoi il somma Angela de laisser à présent le garçon seul pour, dit-il, *qu'il puisse réfléchir à ses actes et à ce qu'il dirait au Conseil le lendemain.*

Lorsqu'on fit entrer l'orphelin, ses pas résonnèrent sur le parquet de la vaste pièce aux trois quarts vide. Il prit place docilement sur une chaise que l'on avait installée à quelques mètres de la table où se trouvaient les adultes, qui le dévisageaient, impassibles.

Le directeur commença :

— Peter Hawkson, tu comparais devant le Conseil de *L'Oiseau Blanc* aujourd'hui car tu es accusé d'avoir mis volontairement le feu à la salle des potions. Reconnais-tu cet acte ?

— Non. Ce n'est pas moi, répondit-il fermement.

— Alors qui est-ce ? demanda Michael Kindman. Le feu n'a pas pu prendre tout seul. Les éléments fournis par les pompiers le démontrent clairement.

— C'est un coup manigancé par Squeeler, Bullit et Lardon. Ils m'en veulent depuis le début.

Des clameurs d'indignation s'élevèrent autour du directeur qui les fit taire d'un geste de la main.

— Ce serait donc un complot, selon toi ?

— Oui, acquiesça-t-il avec conviction.

— Les garçons dont tu parles ne sont pas des enfants de chœur, chacun des membres ici présents le sait. Pour autant, Mr Hereford me l'a confirmé, ils étaient présents à ses côtés lorsque l'incendie s'est déclaré.

Howard Hereford hocha la tête en signe d'approbation.

— As-tu des preuves de ce que tu avances ?

— Non, répondit le garçon. Je le sais, c'est tout.

De nouveaux murmures et hochements de tête en signe de désapprobation se manifestèrent de la part des membres du Conseil.

Le directeur reprit :

— Tu persistes à nous dire que la boîte d'allumettes qui se trouvait dans ta poche n'était pas à toi ?

Cette fois, Peter garda le silence. Qu'importe ce qu'il dirait, il avait compris qu'on ne le croirait pas. De son côté, Michael Kindman décida cette fois de pousser le garçon dans ses retranchements. Il voulait en avoir le cœur net.

— Peux-tu nous parler de l'incendie qui s'est déclaré dans la ferme des Stubbings et qui a coûté la vie aux personnes qui t'hébergeaient à l'époque ?

Cela n'avait rien à voir. Peter était révolté que cet épisode de son passé ressurgisse en ce moment. Il explosa de rage.

— Non ! Je ne vous dirai rien de cette histoire-là ! Ça ne vous regarde pas !

Matrone Beth, n'y tenant plus, intervint :

— Tu as reconnu devant le juge Matthews que tu avais mis le feu à la maison avant de t'enfuir, ne le nie pas !

Peter la fixa d'un regard mauvais. Puis il dit, les dents serrées :

— Ils l'avaient mérité, c'étaient des gens mauvais.

Sa réponse enclencha une véritable cacophonie dans les rangs. C'était à qui vociférerait ou s'indignerait le plus. Michael Kindman peina à faire revenir le calme face aux remarques scandalisées des membres du Conseil.

— La maltraitance ne justifie pas ce type de réponse,

mon garçon. La société t'a offert une seconde chance en te permettant d'intégrer notre école. Pourtant, quelques jours de présence ici auront suffi pour que les problèmes se posent. C'est le difficile constat que nous sommes tous ici amenés à faire. Souhaites-tu ajouter quelque chose ?

Alors, Peter se leva et, la tête haute, clama bien fort avant de quitter la salle :

— Qu'importe ce que vous déciderez. Je suis un Enfant perdu, et je le resterai !

Le Conseil ne tarda pas à rendre son verdict. Il n'y eut guère de débats, le jeune Peter Hawkson ayant fait l'unanimité contre lui. Même Michael Kindman dut se rendre à l'évidence : cet enfant était irrécupérable. De surcroît un fabulateur, s'il s'en tenait aux révélations que lui avait faites sa fille Angela. Les membres décidèrent d'exclure le garçon de *L'Oiseau Blanc* et de le renvoyer devant la justice. On intima l'ordre à Peter de préparer son mince paquetage le jour même et on manda l'officier de l'assistance publique Philemon Perky pour qu'il vienne récupérer le banni. Néanmoins, on avait permis au garçon de faire ses adieux à ses compagnons de l'école, avant son départ.

Peter saisit cette opportunité pour réunir ses amis dans le dortoir. Il trouva Jimmy bouleversé.

— Que se passe-t-il ? demanda-t-il en l'entourant de son bras.

— Il est venu cette nuit, mon frère.

Ainsi John Jarvis avait mis son projet à exécution. Devant la mine déconfite de son ami, Peter regretta de ne pas avoir cherché à l'avertir, la veille. Il ne put que dissimuler à Jimmy qu'il avait eu la douloureuse occasion de faire lui-même la connaissance de son frère. Le petit joueur de flûte expliqua :

— Il venait me chercher mais moi, je ne voulais pas retourner dans la rue, avec lui. Et puis, il a commencé à s'énerver, à crier, alors ça a réveillé les autres…

Sam Fisher poursuivit :

— Quand on a vu qu'il y avait un gars qu'on ne connaissait pas, le major Noah a essayé de s'interposer mais l'autre l'a frappé. On est allés prévenir le directeur et Matrone Beth. On ne savait pas que c'était le frère de Jimmy…

— Quand ils sont arrivés, ajouta Owen, ils ont tenté de le raisonner mais il était comme fou. Il a sorti un couteau et a menacé Matrone Beth. Il n'arrêtait pas de lui répéter, à la Hulotte : *Tais-toi, tais-toi ! Tu n'es pas ma mère ! Tu n'es pas ma mère !* Elle était toute pâle. J'ai bien cru qu'elle allait s'évanouir.

— Comment ça s'est terminé ? questionna Peter, un peu impressionné par le récit des événements.

— Eh bien, pendant ce temps, la police a été prévenue, expliqua Sam. Les condés lui ont remis le grappin dessus tandis qu'il essayait de faire le mur, d'après ce qu'on en sait. Ils ont dû s'y mettre à quatre ou cinq pour le maîtriser.

— Paraît qu'il était recherché, renchérit Owen, pour meurtre.

Jimmy ne semblait décidément pas dans son assiette. Peter tenta de le réconforter.

— T'as plus à t'inquiéter, maintenant. Ton frère ne va pas bien, ce n'est pas de ta faute.

L'enfant aux yeux pâles restait cependant abattu. Il lui faudrait du temps pour cicatriser cette plaie. Un frère restait un frère, quoi qu'il arrive.

Peter trouva le moment opportun pour changer les idées de ses amis et il leur révéla en détail son épopée au Pays-de-Nulle-Part. Les garçons étaient perplexes.

— Comme ça, ce sont des sortes d'elfes qui sont venus te chercher ce soir-là pour t'emmener en volant dans un autre Monde ? le questionna Owen, sceptique.

— Et tu es tombé dans une embuscade avec des pirates ? compléta Sam, dubitatif.

Jimmy Jarvis, pourtant enclin à croire son ami, avait lui aussi du mal à se laisser persuader.

— Une île peuplée de créatures fabuleuses et où les enfants ne grandissent pas, voilà une histoire qui n'est pas banale…

Peter savait qu'il aurait du mal à convaincre les autres orphelins. Aussi leur dit-il avec assurance :

— Je vais vous prouver que tout cela est vrai.

Il saisit entre ses doigts le Syrinx qu'il avait gardé jusqu'alors dissimulé sous sa chemise, ferma les yeux et se concentra très fort. Alors, sous les regards époustouflés des garçons, il commença à s'élever et à flotter dans les airs. Il sourit d'un air triomphant.

— Vous me croyez, à présent ?

Bien plus puissant que la poussière d'étoiles, l'amulette du Pan allait lui permettre d'emporter avec lui au Pays-de-Nulle-Part tous ses amis, par la seule force de sa pensée. Peter les avait prévenus :

— C'est un voyage sans retour. Et vous ne grandirez jamais.

Il avait craint que ses compagnons de dortoir réagissent aussi mal que l'avait fait Angela, la veille. Mais les anciens gamins des rues de Londres avaient les yeux qui scintillaient. Ils buvaient les paroles de Peter qui leur offrait des perspectives bien plus attrayantes que celles que pouvait espérer un orphelin de leur trempe dans le Londres de cette fin de siècle. Soudain, une petite voix jaillit de dessous le lit sur lequel s'étaient installés les quatre enfants.

— Moi aussi je veux venir !

La tête du petit Chandra-Kumar apparut. Son visage s'éclaira quand Peter dit :

— Bien sûr que nous t'emmenons avec nous !

Le garçonnet sauta sur le lit en criant de joie. Mais les cris cessèrent subitement. La porte venait de s'ouvrir brusquement. Les silhouettes de Bullit, de Lardon et d'Eddy Squeeler se dessinèrent dans l'embrasure. Ce dernier tenait fermement par le bras Angela Kindman et resta la bouche arrondie en voyant Peter léviter dans les airs.

— C'était donc vrai… souffla-t-il.

Squeeler n'avait pas vraiment cru cette histoire de voyage dans un autre monde que lui avait raconté la fille du directeur. L'arrogance naturelle du garçon le conduisait à ne croire que ce qu'il voyait de ses propres yeux et pour la première fois, il devait convenir que ce Peter Hawkson le surprenait. Cette fois, les événements prenaient dans son esprit une toute nouvelle tournure. Pourquoi se contenter d'imposer sa loi dans une petite école pour orphelins alors qu'un nouveau Monde l'attendait, les bras grands ouverts, lui et sa soif de domination qui n'avait pas de limites ?

Chapitre 16

— Peter, pardonne-moi, implora Angela.

— Elle nous a tout dit, Hawkson. Tu as eu tort de tout raconter à une fille ! ricana Squeeler.

Le regard de Peter s'assombrit. Il s'était confié à Angela car il espérait qu'elle accepterait de le suivre au Pays-de-Nulle-Part. Même si elle avait tout de suite émis des réticences, il ne pensait pas qu'elle le trahirait.

— Pourquoi Angela ? C'était un secret ! s'emporta-t-il.

— Je… je ne voulais pas te perdre, répondit-elle en larmes. Ils m'ont promis qu'ils t'empêcheraient de partir, ajouta-t-elle en désignant Squeeler et ses deux comparses.

La naïveté de la jeune fille fut irrémédiablement mise à mal lorsqu'Eddy Squeeler annonça :

— J'ai une meilleure idée. Mes copains et moi, tu vas nous emmener avec toi.

— Pas question ! hurla Peter.

— Ah oui ? Dans ce cas tu auras du souci à te faire pour ce joli minois, fit Squeeler en glissant un doigt sur le contour du visage d'Angela.

Bien sûr, Peter avait du ressentiment à l'égard de cette dernière, mais en aucun cas il n'aurait voulu qu'il lui arrive malheur. Et il ne doutait pas qu'un type de l'acabit de Squeeler était capable de mettre sa menace à exécution… Il céda et jeta d'un ton glacial :

— Très bien. Si c'est ce que vous voulez.

Il fit mettre en cercle autour de lui les sept garçons et leur demanda de se prendre par la main. Seule Angela resta, prostrée, à l'écart, les yeux gonflés et le cœur rongé par la souffrance et la culpabilité.

Peter toucha le Syrinx et ferma les yeux. Ses pensées convergèrent vers l'Île du Pan, ce nouveau Monde où les orphelins pourraient devenir de nouveaux Enfants perdus. Alors, une lumière aveuglante éblouit le dortoir et les garçons quittèrent pour toujours *L'Oiseau Blanc*.

Chapitre 17

Le voyage ne s'était pas absolument pas déroulé comme prévu. Si Peter avait su utiliser le pouvoir du Syrinx, il ne maîtrisait pas suffisamment l'amulette du Pan pour réussir à emmener sans encombre sept personnes avec lui au Pays-de-Nulle-Part. Au début, tout s'était bien passé. Les enfants s'étaient envolés au-dessus de Londres dans une nuée lumineuse à la suite de Peter. C'est lorsque l'île fut à portée de vue que les choses se gâtèrent sérieusement. Le ciel était rempli de nuages noirs et les vents forcissaient à mesure qu'ils se rapprochaient de leur destination. Une tempête était en train de s'abattre sur le Monde du Pan. Subitement, il lui sembla qu'il perdait le contrôle sur le Syrinx. Il le saisit en se concentrant de toutes ses forces. Rien n'y fit. Comme si une puissance supérieure avait décidé qu'ils n'atteindraient jamais leur destination finale.

— Tenez-vous bien ! s'égosilla Peter, dont la main gauche se cramponnait à celle de Jimmy.

Il jeta un œil en arrière. Une expression d'effroi le saisit. Après le jeune Jarvis, les mains s'étaient dérobées les unes des autres et les garçons, emportés par les bourrasques, disparurent dans la tempête. Il ne pouvait rien faire. Il empoigna plus fermement encore Jimmy.

— Accroche-toi bien !

Les deux enfants luttèrent comme ils purent face aux rafales, tentant d'amorcer une descente en direction de la forêt. Un moment, Peter sentit comme une brèche qui s'était ouverte au milieu des éléments furieux. Il plongea sous le grain violent et parvint miraculeusement à se poser sur la terre ferme. Les garçons s'abritèrent près d'un gros rocher pour attendre une accalmie. Jimmy était terrifié, même s'il n'en voulait rien montrer. Mouillés et transis, ils se blottirent l'un contre l'autre durant un temps qui leur parut une éternité. Enfin, la pluie cessa, le vent faiblit et les éclats du soleil percèrent peu à peu les nuages. Peter prit Jimmy par la main et l'entraîna en direction de l'Arbre-hôte.

Chandra-Kumar cligna des paupières. Le garçonnet mit quelques secondes à se rappeler qu'il n'était pas dans son lit, à *L'Oiseau Blanc*. Il était couché sur une natte de joncs tressés. Il se mit doucement sur ses coudes et posa un regard circulaire autour de lui. Son cœur bondit dans sa poitrine. Il n'était pas seul. Sam Fisher et Eddy Squeeler étaient là eux aussi, couchés sur des nattes, endormis. Leur visage et leurs bras étaient couverts d'écorchures. Il examina les siens : eux aussi portaient quelques égratignures çà et là. Les souvenirs lui revinrent, par bribes. Il y avait eu cette tempête, alors il avait été emporté loin des autres. Le vent l'avait ensuite ballotté comme un fétu de paille, au-dessus de la forêt, dans une lente chute qui lui avait semblé interminable. Puis, plus rien. Si ce n'était le vague souvenir de voix prononçant quelques mots dans une langue inconnue. Ses deux compagnons de voyage et lui s'en étaient – *a priori* – bien sortis. Il rampa jusqu'à eux et les secoua pour les réveiller.

— Où sommes-nous ? demanda Sam dans un bâillement.

Les garçons observèrent l'abri bizarre à l'intérieur duquel ils se trouvaient.

— On dirait une sorte de tipi, avança Squeeler, en s'étirant.

— Sortons ! proposa Sam.

Ils se glissèrent à travers une ouverture dans la peau de la tente. Dehors, la lumière du soleil les aveugla presque. Le camp était animé. Des Indiens, semblables à ceux qui, dans les grands journaux de Londres, illustraient les articles sur la conquête de l'Ouest en Amérique. Des hommes, des femmes et même des petits enfants qui galopaient entre les tipis. L'un d'eux les vit et s'approcha en criant :

— Hoksila yuhice[1] !

Ils se regardèrent avec stupéfaction. La communication n'allait pas être simple.

Un homme d'allure imposante leur fit signe d'approcher près du grand feu qui brûlait au centre du camp. Il leur indiqua de s'asseoir. Des femmes arrivèrent alors avec des corbeilles de fruits et des morceaux de

1. « Les garçons, réveillés ! » en langue kabako.

viande séchée. Les enfants se servirent en remerciant de la tête et commencèrent à grignoter la nourriture. Sam, qui avait un appétit d'ogre, en engloutit tant qu'il put jusqu'à être rassasié.

— C'est bon ? dit alors l'homme qui ne les avait pas quittés des yeux.

Les garçons se regardèrent, interloqués :

— Vous parlez notre langue ? s'enquit Squeeler.

— Bien sûr, fit l'homme en éclatant d'un grand rire. Nous avons eu tout le loisir d'apprendre la langue des hommes de l'Autre Monde, depuis le temps que nous les côtoyons. Mais entre nous, nous utilisons notre langue. Je me nomme Mato Cate Waste Ya, ce qui signifie Ours Joyeux. Je suis le chef de la tribu des Kabakos. Et vous, quel est votre nom, enfants tombés du ciel ?

— Eddy Squeeler ! lança le garçon aux cheveux de jais.

— Moi, c'est Sam Fisher !

— Et moi, Chandra-Kumar, dit la petite voix du garçonnet.

Ours Joyeux rit de plus belle.

— Ce ne sont pas de véritables noms ! Ils ne veulent rien dire. Il vous faut des noms indiens, dit-il avec assurance.

Il montra du doigt l'enfant à la peau cuivrée.

— Toi avec tes grands yeux noirs, tu seras Petit Maki.

Chandra-Kumar sourit, cela lui plaisait bien.

— Toi qui aimes beaucoup manger, nous t'appellerons Écureuil Gourmand.

Sam s'empourpra mais n'osa pas le contrarier.

— Enfin, toi qui dois aimer commander, ton nom sera Lézard Couronné.

Chapitre 17

Squeeler haussa les épaules. Il trouvait cela ridicule. Et puis, d'habitude, c'était lui qui donnait des surnoms aux autres. Il n'en dit rien cependant. Il lui importait davantage de retrouver Bullit et Lardon qui devaient avoir atterri – du moins l'espérait-il – dans un autre coin de cette fichue île.

Le petit crabe bleu avança avec précaution jusqu'à une forme immobile échouée sur la plage. De sa marche singulière, il arriva cahin-caha jusqu'à celle-ci. Il n'était pas rare que des poissons morts s'échouent sur le sable. Souvent, les oiseaux de mers étaient prompts à engloutir avec voracité les charognes. Généralement, il lui en restait un petit fragment pour son repas. Cependant, la taille de ce spécimen était autrement plus conséquente. Un dauphin ? Il arrivait parfois que certains s'échouent sur cette plage. Une aubaine pour le téméraire crustacé qui escomptait bien en avoir un bon morceau à se mettre dans la pince. Il grimpa prudemment sur le dos du cadavre échoué et galopa jusqu'à une extrémité qu'il envisageait bien de goûter. Le frétillement de ses cinq paires de pattes ne provoqua aucune réaction de la part de son dîner providentiel. Il était bien mort. Aussi était-ce avec une certaine confiance qu'il ouvrit son chélipède pour en découper un premier lambeau.

— Aaaaaïe !

Lardon revint à lui en hurlant de douleur. Il crut qu'on lui avait arraché la main droite. De fait, son index était bien entamé. Il jeta un regard autour de lui mais ne vit pas le petit crabe bleu qui, effrayé, s'était déjà enfoncé dans le sable. Il ôta sa chemise et déchira un pan de la manche pour pouvoir contenir les perles de sang qui s'écoulaient de la plaie. Une fois son doigt garni de ce bandage de fortune, il prit le temps de considérer l'endroit où il se trouvait. D'un côté la mer, de l'autre une forêt qui paraissait impénétrable. Et lui, seul sur ce bandeau de plage au sable fin. Seul ? Pas tout à fait. Le garçon plaça sa main en visière et scruta le rivage. Un peu plus loin, il y avait deux formes indéterminées. En marchant vers elles, il crut discerner le corps massif de… Oui ! C'était bien ce gros lourdaud de Bullit ! Et un peu plus loin, il y avait l'un des jumeaux Fisher. Qui de Sam ou d'Owen ? Il n'aurait su le dire. *Est-ce qu'ils sont morts ?* se demanda-t-il, la poitrine serrée. Rien ne l'inquiétait plus à ce moment précis que de se retrouver seul sur cette terre inconnue. Il parcourut en courant la courte distance qui le séparait des deux garçons. Il les secoua énergiquement l'un et l'autre jusqu'à ce qu'ils reprennent conscience, à son grand soulagement.

— Hé, doucement Lardon ! grommela Bullit, en se mettant péniblement sur ses jambes.

— Sam ! Est-ce que vous avez vu Sam ? s'étrangla Owen, dont la première pensée fut pour son frère.

La question était bien loin des préoccupations de Bullit. Il vociféra :

— Tout ça c'est la faute de ce satané Hawkson !

Lardon ne dit rien. Il était tracassé par son doigt qui lui faisait fichtrement mal. Son comparse le sortit de sa torpeur.

— Viens, Lardon. Partons à la recherche d'Eddy.

Le garçon, peu enclin à prendre lui-même des initiatives, se plia sans peine à la volonté de Bullit et les deux compagnons de Squeeler s'enfoncèrent dans la forêt à la recherche de leur ami, sans se soucier le moins du monde du sort d'Owen. Désemparé, ce dernier resta assis sur le doux sable de la plage, à méditer sur ce qu'il convenait de faire. Au bout d'un moment, une étrange créature ailée vint se poser sur son épaule.

Durant les heures qui avaient suivi, les trois garçons qui avaient été recueillis par les indiens Kabakos en avaient appris davantage sur les circonstances de leur sauvetage. Ours Joyeux leur avait expliqué que la tempête avait été forte et les avait beaucoup inquiétés. Ils pensaient en effet que le Grand Kabak voulait ainsi montrer son mécontentement aux habitants de l'île. Alors, les Indiens avaient dansé et chanté sous le violent zéphyr tout autour de leur totem à tête de crocodile. Et ce, jusqu'à ce que les vents se calment finalement et que l'esprit du Grand Kabak s'apaise. Eddy Squeeler goûtait peu ce qu'il considérait comme des *balivernes d'emplumés*. Cependant, il devait reconnaître aux Indiens d'avoir été là au bon endroit et au bon moment pour les sortir de ce fatras de branchages, de feuilles et de mousse où ils étaient tombés après que des arbres et des buissons eurent opportunément amorti leur chute. Il se demandait à présent ce qu'il adviendrait de la suite, surtout s'il devait faire sans ses acolytes Lardon et Bullit. En attendant, il fumait tranquillement le calumet qui passait de main en main autour du feu. Sam Fisher, inquiet pour son jumeau, avait expliqué à Ours Joyeux qu'il y avait cinq autres voyageurs venus de l'Autre Monde. Le chef de la tribu avait alors lancé à plusieurs de ses braves :

— Can cega[1] !

1. « Tambour » en langue kabako.

Aussitôt, une dizaine de paires de mains se mirent à frapper en rythme les tambours pour émettre un son profond et puissant qui résonna dans toute l'île.

Peter n'osa pas se servir à nouveau du Syrinx. Le calvaire vécu au cœur de la tempête avait fortement éprouvé l'orphelin. Sans compter Jimmy qui était paniqué à l'idée de s'envoler à nouveau. C'est donc à pied que les deux garçons regagnèrent l'abri de l'Arbre-hôte. Quelle ne fut pas leur surprise quand, parvenus à destination, ils aperçurent un visage connu : l'un de leurs compagnons, tranquillement assis aux côtés d'Egon et des sylphes sur les racines du grand arbre…

— Owen ! Tu t'en es sorti, s'exclama Jimmy en sautant dans les bras de son ami.

— Eh oui, la veine ! Je me souviens avoir atterri dans la mer, non loin du rivage, et nous nous sommes retrouvés sur la plage.

— Nous ? demanda Peter.

— Oui, j'étais avec Lardon et Bullit mais ils m'ont laissé pour partir à la recherche de Squeeler. Et puis j'ai eu la chance de croiser le chemin de cette jolie demoiselle ! glissa-t-il en désignant Malice, que le compliment fit rosir de plaisir.

Peter détacha l'amulette magique de son cou et la glissa dans la main de l'Enfant-Pan.

— Merci pour ta confiance, Egon. Mais je crois que le Syrinx n'a qu'un seul maître.

— Tu es revenu, c'est l'essentiel ! lança ce dernier en guise de réponse. Et nous allons retrouver le reste de tes amis, je te le promets.

Chapitre 17

Tout à coup, on entendit au loin les battements de tambours qui reprenaient.

— Ce sont les Indiens qui vénèrent le Grand Kabak, précisa Peter à l'intention de Jimmy et d'Owen.

— Non, dit Egon. Le rythme des percussions est différent. Ce n'est pas pour le Grand Kabak qu'ils jouent. C'est pour nous. Ils nous appellent.

Bullit pestait en s'enfonçant dans l'épaisse forêt de l'Île du Pan. Le garçon, qui n'était pas aventureux pour deux sous, se demandait pourquoi Eddy Squeeler avait eu l'envie saugrenue de les entraîner dans cette expédition. Flanqué de Lardon, il regrettait le quotidien confortable et rassurant de *L'Oiseau Blanc*. Ils avançaient au fil des sentiers qui serpentaient parmi les arbres, sans la moindre idée d'où cela les mènerait. Soudain, ils entendirent les modulations de percussions qui brisèrent le calme apparent de la forêt. Vaille que vaille, Bullit prit cela pour un signe.

— Allons-y, lança-t-il à son compagnon.

— Euh… C'est peut-être dangereux, hésita ce dernier, pas rassuré du tout.

— Écoute, Lardon, on est paumés sur cette île. Soit on trouve âme qui vive, soit on crève de faim ici ! répondit Bullit, sans masquer son agacement.

Lardon ne répondit rien. Il faut dire que les deux gamins se seraient bien mis quelque chose sous la dent. De guerre lasse, ils reprirent leur marche en direction de l'endroit d'où semblaient provenir les résonances sourdes des tambours.

Bientôt, à mesure que la forêt s'éclaircissait,

les tambourinements se firent plus intenses. Le sentier débouchait sur une clairière légèrement en contrebas. Ils avancèrent prudemment puis, dissimulés dans les feuillages, ils se risquèrent à jeter un œil.

— Des Indiens ! éructa Lardon.

— Chut ! Tu vas nous faire repérer, grogna Bullit.

— Attends ! C'est Eddy, là-bas, au milieu du camp !

Le corpulent garçon constata que, en effet, leur ami était assis en train de fumer paisiblement le calumet auprès d'un feu. À ses côtés, il discerna également les silhouettes de Chandra-Kumar et d'un des frères Fisher. *Probablement le jumeau de celui de la plage*, pensa-t-il. Les enfants semblaient libres de leurs mouvements.

Rassurés, ils s'engagèrent gaillardement en direction du camp. Eddy Squeeler fut le premier à les apercevoir.

— Bullit ! Lardon !

Les effusions n'étant pas vraiment du goût du garçon aux cheveux de jais, ils se contentèrent d'un salut viril.

— Vous en avez mis du temps, dis donc ! s'exclama-t-il, avec une pointe d'ironie.

La petite bande réunie, Squeeler ne comptait pas s'éterniser dans le camp des Kabakos. Il déclara, solennel, au chef de la tribu :

— Votre hospitalité fut appréciée, Grand Chef, mais je crains que mes amis et moi ne voulions pas en abuser.

— Les amis de Lézard Couronné veulent peut-être se reposer un peu… proposa Ours Joyeux.

— Non, je suis sûr qu'ils ont mieux à faire, certifia Squeeler.

Malgré la fatigue et la faim qui tenaillait leurs entrailles, Lardon et Bullit n'osèrent pas le contredire.

Sans plus attendre, Eddy Squeeler quitta le camp en les entraînant dans leur sillage. Owen et Chandra-Kumar, embarrassés par l'attitude indélicate de ce dernier, les regardèrent s'éloigner avec consternation, percevant les quelques mots échangés comme ils disparaissaient dans la forêt :

— *Lézard Couronné*, c'est ton nouveau nom, Eddy ?

— La ferme, Lardon !

Chapitre 18

Jane Crown avait perdu le sommeil. Ses nuits étaient hantées par ce diable d'Egon Pan pour qui elle nourrissait une haine incommensurable, au fond, sans bien savoir pourquoi. Elle n'avait qu'une certitude : l'étriper la ferait se sentir mieux. Mais mettre la main dessus était une autre affaire. Faute de pouvoir s'appuyer sur un équipage qui manquait singulièrement d'imagination, elle décréta qu'il lui fallait en savoir plus sur cet Egon. Pour cela, elle avait une petite idée de ce qu'il convenait de faire. Il y avait cet étrange ermite qui vivait dans une grotte, à l'abri des regards, non loin de la lagune des néréides. Elle avait l'intuition qu'il saurait lui donner des réponses. Jusqu'à présent, les pirates ne s'étaient guère aventurés de ce côté de l'île. En effet, elle avait entendu parler de ces femmes poissons au pouvoir de séduction irrésistible et elle craignait que ses hommes finissent noyés au fond de la lagune. Cette fois, le jeu en valait la chandelle. Il suffirait de contourner le lagon en arrivant en barque de l'autre côté et le risque serait mesuré.

Le lendemain de la tempête qui avait bien secoué la vieille carcasse du *Jolly Roger*, elle battit le rappel sur le pont. Elle désigna Pegg et Bel-Œil pour garder la goélette. Elle partirait en chaloupe avec Amadi, Flynn et le mousse. Le premier avait l'avantage d'être muet, ce qui était une qualité pour la capitaine des pirates ; le second, elle préférait l'avoir à l'œil en toutes circonstances, ne doutant pas que si mutinerie il devait y avoir un jour, il en serait à l'origine ; quant au mousse, c'était par habitude qu'il était à ses côtés. Elle lui portait une affection qu'elle ne savait expliquer et qu'elle se gardait bien de montrer.

Le petit groupe de pirates trouva sans difficulté la tanière de l'ermite, dans une cavité naturelle qui surplombait la lagune. On y accédait en escaladant les rochers, même si l'opération se révéla périlleuse pour le petit groupe de pirates. Les dépôts de sel et d'excréments de mouette rendaient ces gros cailloux glissants et on pouvait facilement s'y rompre le cou. La distance à parcourir n'était pas trop longue, fort heureusement. Bientôt, ils atteignirent l'entrée de la grotte et s'y enfoncèrent, un flambeau à la main. Un relent d'humidité s'insinua dans leurs narines. Les murs suintaient. *Comment peut-on vivre dans pareil endroit ?* se demanda Jane Crown. Elle en examina l'intérieur. Ce fut vite fait. Une couche constituée d'un austère paillage, une couverture sale et, un peu plus loin, les reliefs d'un repas. Aucun âtre ni mobilier dans ce lieu sordide. Seul un animal sauvage pouvait accepter une telle existence. Tout à coup, un bruissement, dans l'ombre. La capitaine avança sa flamme. Une petite silhouette encapuchonnée se dessina.

— Que me voulez-vous ? demanda-t-elle, avec de l'anxiété dans la voix.

— Nous cherchons l'ermite qui vit ici. Es-tu celui-là ? interrogea Jane Crown.

Sortant de la pénombre, il retira son capuchon et la regarda fixement.

— Si c'est le gubbin Gwenndal que tu cherches, il est devant toi.

Elle observa ce visage émacié, ces yeux globuleux, les rides marquées, ces grandes oreilles en pointe. Il lui rappelait un vague souvenir.

— Ta trogne me parle, lutin. Nous sommes-nous déjà rencontrés ? demanda-t-elle.

— Dans une autre vie, sans doute, répondit le gubbin sans la contredire.

Il avait compris à qui il avait affaire. Les enfants avaient bien grandi depuis le terrible épisode dans l'antre du Grand Kabak. Il vivait depuis tout ce temps reclus dans cette caverne mais savait que tôt ou tard on viendrait l'y chercher. Il était résigné à accepter la mort qui viendrait inéluctablement. Mais les paroles de la grande femme rousse lui offrirent un sursis inattendu.

— On dit que tu connais tout de cette île, que ta science est plus vaste que l'océan. Je veux que tu m'apprennes tout ce qu'il y a à savoir sur Egon Pan.

Les choses prenaient une tournure nouvelle pour le gubbin. Ainsi, le maléfice avait fait son œuvre. *Elle ne se rappelle plus rien de ce jour-là. Elle a oublié qu'il est son frère.* Il invita les pirates à s'asseoir sur des grosses pierres qui firent office de siège.

— Que voulez-vous savoir, au juste ?

— Ce scélérat est la cause de mes tourments. Il me remplit le cœur de haine sans que je puisse en expliquer la raison. Je veux connaître le moyen de m'en débarrasser à tout jamais, déclara Jane Crown.

Gwenndal le Fourbe, tel qu'il était maintenant surnommé dans sa communauté, avait l'âme empreinte d'amertume, lui le paria, banni contre son gré. Ironie du sort, cette situation avait déjà eu lieu il y a déjà fort longtemps avec, certes, un objectif tout autre à l'époque. Lui seul avait conscience de cela. Il en conclut qu'il possédait un net avantage. Il prit alors l'expression de celui qui allait témoigner d'une confidence inavouable.

— Si l'Enfant-Pan est cause de ces obsessions, c'est qu'en un autre temps, le Grand Kabak et lui se sont ligués pour te piéger, toi et tes congénères. Un terrible sortilège a été proféré à votre encontre. Vos mémoires ont été effacées de tout souvenir, n'est-ce pas ?

Jane Crown acquiesça.

— C'est parce qu'ils escomptaient vous faire oublier quel rôle ils ont joué dans cette histoire, reprit le gubbin. Et vous êtes aujourd'hui prisonniers de cette île, sur votre bateau qui ne peut prendre la haute mer, faute de vents favorables. Mais il y a un moyen de briser le sort…

— Lequel ? Parle, lutin ! gronda la capitaine.

— Je peux parler, mais qu'est-ce qu'un gubbin tel que moi peut espérer s'il délie sa langue aujourd'hui ?

Jane Crown avait bien l'intention de montrer qu'elle ne plaisanterait pas. Elle sortit son sabre et en plaça l'extrémité de la lame sur le cou de Gwenndal.

— Tu préserveras ta misérable et insignifiante vie, n'est-ce pas déjà beaucoup ?

Le gubbin déglutit. La situation lui échappait. Il bredouilla :

— Il… il faut tremper la Boussole du Temps dans le sang du Pan. Alors le sortilège sera rompu et vous obtiendrez l'immortalité.

Les mensonges de Gwenndal avaient par le passé eu raison de la naïveté de Jane Crown et des Enfants perdus. Il espérait qu'il en fût de même une fois encore.

— Ah, oui ? Et où se trouve cette Boussole du Temps ?

— Au cœur de la Montagne Fumante. Dans l'antre du Grand Kabak, murmura Gwenndal, avec, cette fois, de la frayeur non feinte dans la voix. Il existe deux accès : l'un est un canal souterrain relié à la mer. Seul un poisson ou une néréide pourrait emprunter ce passage qui ne révèle aucun réservoir d'air. Et encore faudrait-il que le terrible Gardien de la Boussole qui veille en ces lieux ne l'engloutisse pas. L'autre est une galerie sinueuse et étroite creusée dans la montagne. Elle mène à la salle souterraine qui recèle cet objet à l'extraordinaire pouvoir. Mais il vous sera impossible de vous y rendre : il faut avoir la taille d'un enfant pour s'y faufiler.

— Ou bien celle d'un gubbin… répliqua sournoisement la capitaine du *Jolly Roger.*

Les grands yeux globuleux de Gwenndal le Fourbe exprimèrent alors une frayeur indicible. Les images de leur première épopée étaient gravées dans son esprit.

— Non, Gwenndal ne peut pas ! Il y a… le Gardien !

Sans tenir compte des protestations de la créature, Jane Crown ordonna à ses hommes :

— J'ai appris ce que je voulais savoir. Quant à cette vermine, on l'emmène avec nous !

Amadi prit le gubbin sous son bras, sans se soucier de ses récriminations, et les pirates prirent le chemin du retour.

Eddy Squeeler commençait à regretter le camp des Kabakos. Le soleil déclinait et, avec Bullit et Lardon, ils avaient la désagréable impression de tourner en rond sur cette île. Ses deux compagnons, qui ne s'étaient rien mis sous la dent depuis leur départ de *L'Oiseau Blanc*, commençaient à protester :

— Il faut qu'on trouve de quoi grailler, Eddy, le pressa Bullit.

— On pourrait p'têt' retrouver les autres, risqua Lardon.

— Et puis quoi encore ? fulmina Squeeler en lui jetant un regard noir. On va se débrouiller, il suffit de suivre ce sentier, qui devrait nous ramener vers la côte.

Les deux garçons ne dirent plus rien et se contentèrent d'avancer, mollement. Squeeler avait vu juste. Au bout d'un moment, le chemin tortueux déboucha sur un amas de rocaille qui donnait sur un magnifique lagon à l'eau translucide. Lardon fut le premier à voir la barque.

— Regardez ! fit-il en montrant l'embarcation du doigt.

— Allons-y, décréta Squeeler.

Comme ragaillardis par cette découverte, ils descendirent en sautant de rocher en rocher jusqu'à la chaloupe. À l'intérieur, rien à l'exception d'une paire de rames. Mais la coque paraissait en bon état.

— Bullit, détache les amarres. On va longer la côte.

Une voix tempêta soudainement dans leur dos :

— Je ne vous le conseille pas, bande de vermisseaux !

Tout à leur trouvaille, ils n'avaient pas vu venir la curieuse troupe – une femme qui semblait commander, flanquée de trois hommes aux mines peu engageantes dont l'un, un grand costaud à la peau noire, tenait fermement sous son bras une sorte de nain. Ils n'allaient pas faire le poids. Eddy Squeeler commença à se confondre en excuses.

— Dé... solé mais on pensait cette barque abandonnée...

On entendit le cliquetis d'un pistolet qu'on amorçait. C'était Flynn qui le pointait sur les trois gamins :

— Je commence par lequel, capitaine ?

Jane dodelina de la tête en considérant les garçons à l'air franchement terrorisés.

— Aucun, Flynn. J'ai un autre projet pour ces trois larrons.

Squeeler, Lardon et Bullit furent donc contraints de se caler dans un coin de la barque, tenus en joue par le pirate blond au sourire goguenard. Le gubbin à leurs côtés n'en menait pas large, lui non plus. Amadi saisit les rames et l'embarcation reprit la mer en direction du *Jolly Roger.*

À la cabane de l'Arbre-hôte, l'atmosphère était à la fête. Les retrouvailles entre les orphelins étaient à la mesure de la crainte qui les avait envahis à l'idée de ne plus jamais se revoir. Egon avait fait une nouvelle fois appel à ses amis centaures pour les aider à rejoindre le camp des Kabakos. En plus d'Orpheus et de Gedeus, Peter et les Enfants perdus avaient pu faire la connaissance de deux jeunes centaures nommés Cassius et Artus. Après avoir chaleureusement remercié leurs hôtes indiens – Petit Maki et Écureuil Gourmand ayant promis de revenir bientôt – ils prirent le chemin du retour à dos de centaures, Chandra-Kumar solidement agrippé à la taille d'Egon, et Jimmy à celle de Peter. Ils se régalèrent de la soupe de coquillages aux graines de courge sauvage que l'Enfant-Pan leur avait préparée. Cependant, Egon se montrait préoccupé par le sort des trois orphelins qui étaient livrés à eux-mêmes sur l'île.

— Nous devrions partir à leur recherche demain, Peter.

Le garçon ne partageait pas cet avis.

— Tu sais, Squeeler et ses amis ne méritent pas que tu te tourmentes pour eux. Ce sont des garçons détestables, crois-moi. Et s'ils avaient voulu se joindre à nous, ils n'auraient pas quitté le camp des Indiens comme ils l'ont fait.

L'Enfant-Pan ne voulait pas jeter un nouveau trouble entre son ami et lui, alors qu'ils venaient à peine de se retrouver. Aussi se contenta-t-il d'esquisser une moue dubitative. Il serait bien temps d'aborder à nouveau le sujet plus tard. Il lança à la cantonade :

— Demain, Enfants perdus, je vous promets une partie de cache-cache comme vous n'en avez jamais connu !

Toutes les mains applaudirent à cette perspective. La soirée se termina joyeusement par des chants et des danses au son de la flûte de Jimmy. Puis, perclus de fatigue, les garçons s'allongèrent où ils purent dans la cabane étriquée, partageant à plusieurs l'un des hamacs ou pelotonnés dans un coin de la cabane. Egon comptait bien en construire une autre puisque la colonie s'agrandissait. Les Enfants perdus s'endormirent avec l'expression de bien-être de ceux qui savent que leur lendemain sera radieux.

Chapitre 19

Le soleil irradiait de mille rayons le Pays-de-Nulle-Part lorsqu'Egon et les Enfants perdus sautèrent de l'Arbre-hôte ce matin-là. Tous n'avaient qu'une hâte : aller jouer ensemble comme l'avait prévu l'Enfant-Pan la veille. Ils cheminèrent sur les sentiers, portés par les chants mélodieux des pipits et des viréos à tête bleue[1], jusqu'à un périmètre dont les limites avaient été définies par Egon lui-même. Étincelle et Malice étaient de la partie.

— C'est pas juste, avait protesté Chandra-Kumar. Elles peuvent voler, elles !

— Très bien, avait dit Egon. Dans ce cas, ce seront elles qui nous chercheront pendant que nous allons nous cacher. Vous devrez compter jusqu'à cent ! précisa-t-il aux sylphes.

De bonne composition, elles s'installèrent contre le tronc d'un grand arbre dans la clairière où devait débuter

1. Petits passereaux réputés pour leur chant.

la partie et commencèrent à énoncer les chiffres et les nombres à haute voix :

— Un, deux, trois, quatre, cinq, six…

Les enfants s'éparpillèrent comme un essaim d'abeilles se disperserait dans un grand champ de fleurs.

— Sept, huit, neuf, dix, onze, douze…

Chacun voulait trouver la cachette la plus adéquate pour compliquer la recherche aux sylphes. Un gros rocher, un buisson touffu, les options ne manquaient pas dans cette partie assez dense de la forêt.

Une fois le compte terminé, les deux créatures graciles décidèrent de se séparer et s'envolèrent pour dénicher les garçons dissimulés dans leur abri. Étincelle prit la direction de la rivière. Au détour d'un bosquet, surprise, elle entendit des voix.

— On va bien finir par tomber sur eux, cette île n'est pas si vaste que ça !

— En tout cas, il vaudrait mieux pour nous, et pour Lardon surtout…

Camouflée dans une toile de branches et de lianes, la sylphe discerna la silhouette de deux garçons qu'elle reconnut immédiatement. Elle les avait déjà vus dans le parc de l'école, ce gamin aux cheveux couleur corbeau et cet autre, bâti comme un centaure : ils appartenaient au groupe qui avait ennuyé le petit Jimmy. Intriguée, elle délaissa le jeu et décida de les suivre.

Jane Crown exultait. Elle avait bien réfléchi aux propos du gubbin Gwenndal et avait fomenté dans son esprit retors un stratagème qui lui permettrait – elle n'en doutait pas – de parvenir à ses fins. Il convenait d'agir avec méthode. En premier lieu, elle ne s'était pas entichée pour le plaisir des trois gamins trouvés si près de la chaloupe. Non, ils pouvaient, en temps voulu, servir au mieux ses intérêts. Durant le trajet du retour en direction du *Jolly Roger*, elle avait eu tout le loisir d'observer ces garçons. Elle avait rapidement saisi que celui aux cheveux noirs était à la manœuvre. Cependant, c'est à l'occasion de la conversation qu'elle entama avec lui, une fois montés à bord du navire, qu'elle comprit qu'il avait plus de potentiel qu'elle ne l'avait supposé.

— Ainsi, petite vermine, vous venez tes compagnons et toi d'un Autre Monde et vous êtes arrivés en volant avec un dénommé Peter… Tu es certain qu'il ne se nomme pas plutôt Egon ?

Eddy Squeeler fit un signe d'affirmation. Melvil, qui se trouvait aux côtés de la capitaine, intervint :

— Peter, c'est le prénom du garçon que nous avons mis aux fers avant le duel avec Flynn.

— Voyez-vous cela, reprit Jane Crown. Tu t'es donc acoquiné avec ce sacripant qui est cause de quelques misères auprès de mes hommes.

— Certainement pas ! protesta Squeeler. Celui-là, je le déteste, lui et son air de ne pas y toucher !

— Un bon point pour toi ! Néanmoins, il va m'en falloir davantage pour me convaincre de ne pas vous trancher la tête.

Le garçon aux cheveux de jais eut un moment de réflexion. L'idée de se faire décapiter ne lui seyait guère. Il objecta :

— Vous feriez une erreur. Lardon, Bullit et moi, nous pouvons vous être utiles à vous et à vos pirates. De ce que j'en ai vu, votre équipage n'est pas très fourni. Si vous nous preniez comme recrues, vous n'auriez pas à le regretter.

Voilà, on y était. Le visage de Jane Crown se fendit en un sourire carnassier. C'était la première partie de son plan. Mais, elle voulait encore s'amuser quelque peu.

— Ah, ah ! Tu prétends être en mesure de pouvoir me servir, espèce de minable freluquet ?

Ses hommes, autour d'elle, se mirent à ricaner à leur tour. Elle leva les bras avec un large sourire et prit alors tout le monde à revers.

— Soit. Je te donne une chance, mon garçon. Mais il va te falloir faire tes preuves…

— J'y suis prêt, s'exclama Squeeler, avec soulagement.

— Fort bien, s'extasia-t-elle en approchant son visage à hauteur du garçon. Dans ce cas, ta première mission consiste à me ramener l'Enfant-Pan !

Il balbutia :

— Mais… mais où pourrai-je le trouver ?

— Palsambleu ! Quelque part sur cette île avec sa tripotée d'Enfants perdus ! Et comme je suis magnanime, tu auras le loisir de t'y rendre avec l'un de ces deux godelureaux, fit-elle en désignant Lardon et Bullit. Pour ce qui est de l'autre, son sort sera scellé si vous n'êtes pas de retour avant le coucher du soleil !

Il n'était pas exagéré d'affirmer qu'Egon n'aimait pas perdre. Chacun des jeux auxquels il prenait part devenait aussi fondamental que s'il y jouait sa propre vie. Et comme il envisageait son existence comme une récréation sans fin, il prenait un malin plaisir à utiliser tous les stratagèmes à sa disposition pour sortir vainqueur en chaque occasion. Cette fois, il avait porté son dévolu sur une cachette dont il était persuadé qu'elle lui assurerait la victoire dans cette partie. La cascade qui se jetait dans la rivière recélait en son arrière un petit renfoncement dans lequel le corps d'un enfant de son âge pouvait sans mal se glisser. Il risquait bien de se retrouver trempé, mais cela lui importait peu. Touchant le Syrinx, il vola jusqu'à ce repaire secret. À peine s'y était-il faufilé qu'il perçut des timbres inconnus. À travers les fils d'eau qui s'écoulaient, il ne pouvait comprendre ce que les voix disaient. Néanmoins, il put deviner qu'il y avait là, parmi les joncs qui bordaient la rivière, deux formes de garçons qui n'étaient pas du groupe des Enfants perdus que Peter avait ramenés à la cabane. *Ce sont certainement les garçons dont il m'a parlé*, songea-t-il. Faisant fi des remarques de Peter, il sortit de sa cachette et se posta face à eux.

— Bonjour, les amis. Vous cherchez quelque chose ?

En voyant le garçon volant se poser devant leurs yeux, Eddy Squeeler et Bullit comprirent aussitôt qu'ils avaient affaire à Egon Pan. Ils n'en attendaient pas tant. Le premier prit sa voix la plus douceâtre.

— Oh ! Tu dois être l'Enfant-Pan ? Quelle chance de te trouver ! Nous sommes perdus et nous cherchions justement de l'aide. Notre ami Lardon a été enlevé par d'horribles pirates…

— Voilà pourquoi vous n'êtes que tous les deux. Je comprends mieux. Peter m'avait bien dit que vous étiez tous les trois inséparables.

— Oui, je suis Eddy Squeeler et mon ami s'appelle Bullit. Je suis content de savoir que Peter est avec toi.

J'avais tellement peur qu'il lui soit arrivé un accident !

Egon fronça les sourcils.

— Peter m'a laissé entendre que vous n'êtes pas très amis…

— Oh, ça, c'était avant, à l'orphelinat, répondit Squeeler, sans ciller. Nous avons connu quelques disputes, c'est vrai, mais cette brouille est maintenant dernière nous. Nous avons une nouvelle vie à construire tous ensemble sur cette île, non ?

— Je suis heureux de te l'entendre dire, Eddy, fit l'Enfant-Pan en souriant. Nous étions en pleine partie de cache-cache avec les autres mais je crains qu'il ne nous faille l'écourter. Il y a plus urgent, il faut sauver votre ami !

En guise de gratitude, Squeeler prit la main d'Egon pour la serrer avec vigueur. Ce dernier ne vit pas que Bullit s'était au même moment déplacé discrètement dans son dos. Celui-ci avait ramassé une épaisse branche qu'il tenait fermement dans son poing. Sans hésiter, il l'abattit violemment sur l'arrière du crâne de l'Enfant-Pan qui s'effondra, assommé.

Étincelle avait suivi les deux garçons avec la prudence du serpent. Même lorsqu'Egon s'était avancé vers eux, elle avait jugé bon de rester sur ses gardes. Elle eut malheureusement le dépit de constater que sa méfiance était justifiée lorsque, sans qu'elle n'eût le temps de réagir, elle vit l'Enfant-Pan s'écrouler, frappé par-derrière par l'un des deux gredins. Horrifiée, elle piqua vers les garçons prête à en découdre avec eux, essayant de leur tirer les cheveux de ses minuscules doigts. Squeeler et

Bullit, le temps de surprise passé, se rebiffèrent contre cette attaque inopinée en agitant les mains, comme si une nuée de sauterelles s'abattait sur eux, espérant faire fuir l'intruse. Mais la petite sylphe, dans une colère noire, persistait à s'en prendre à eux en évitant avec une étonnante vivacité leurs grosses paluches. Le manège dura quelques minutes, puis tout à coup, alors qu'elle s'apprêtait à piquer une nouvelle fois sur la tête de Bullit, celui-ci balança un revers de la solide branche qu'il tenait toujours en main. Il heurta alors la sylphe de plein fouet. La frêle créature s'aplatit sur un rocher parmi les joncs, inconsciente.

Squeeler, craignant que d'autres renforts n'arrivent, s'écria :

— Ne traînons pas là ! Attrape-le et filons !

Bullit balança son arme de fortune, cala Egon sur son épaule et ils s'enfoncèrent dans les fourrés.

Malice n'avait pas perdu de temps. Elle était parvenue à débusquer un à un les garçons. Il ne lui manquait plus que Peter et Egon. Elle espérait que, de son côté, Étincelle avait eu l'occasion de les repérer. La petite troupe des Enfants perdus l'accompagnait gaiement dans les ultimes recherches. Au bout d'un moment, ils entendirent le chant répétitif d'un coucou. Jimmy plaça un doigt sur ses lèvres pour que les autres se taisent et montra d'un haussement de cils les hautes branches d'un arbre tout proche. Ils levèrent la tête et aperçurent Peter qui se camouflait tant bien que mal dans les feuillages. Facétieux, celui-ci avait imité le chant de l'oiseau pour voir si ses amis parviendraient à le démasquer. Il descendit de sa cachette.

— Je crains que le cri du coucou ne m'ait été fatal ! dit-il malicieusement.

— Avec un spécialiste des chants d'oiseaux comme Jimmy, tu as pris des risques, confirma Owen.

— Bon, il nous reste Egon, fit Sam. On devrait revenir vers la rivière, je l'ai vu cavaler dans cette direction au début de la partie.

— Bonne idée ! approuva Malice. Étincelle et lui doivent être par là-bas.

Lorsque la sylphe et les garçons arrivèrent à la rivière, ils ne perçurent rien d'autre que le silence à peine troublé par le ruissellement de la petite cascade. Peter eut un mauvais pressentiment.

— Ce n'est pas normal. Malice nous a tous trouvés et personne n'a vu Étincelle depuis le début du jeu…

Chandra-Kumar avait entrepris de ramasser des petits galets plats avec lesquels il pourrait s'amuser à faire des ricochets dans l'eau. Soudain, il s'écria :

— Du sang ! Il y a du sang ici !

Les Enfants perdus s'attroupèrent autour de lui. En effet, des gouttes de sang frais étaient bien visibles sur le sol. Juste à côté se trouvait une branche large de deux pouces, elle aussi légèrement souillée d'une substance rougeâtre.

— Que s'est-il passé ici ? s'interrogea Peter à haute voix.

Ils imaginaient à présent le pire. Sans se concerter, chacun mit sa main en porte-voix et commença à appeler en zigzaguant le long de la rive :

— Egon ! Étincelle !

Leurs appels étaient vains. Seul le bruissement de la brise dans les feuillages leur répondait. Subitement, un hurlement coupa court à leurs recherches. C'était Jimmy. L'enfant ne pouvait détacher ses yeux de sa terrible découverte. Étincelle gisait, inconsciente, sur un rocher parmi les roseaux. Une infime lueur émanait encore de la sylphe.

Les Enfants perdus transportèrent le corps d'Étincelle dans le repaire des gubbins, avec l'espoir que la médecine de Tylwenn le Sage et de Swann le Fol permettrait de la sauver. Les ailes de Malice frémissaient de chagrin.

— Il faut la guérir, Tylwenn, je t'en prie !

— Je ne peux rien te promettre, petite sylphe, souffla le gubbin qui examinait le petit être brisé.

Swann avait entrepris de fabriquer un onguent à base de plumes de Caladrius.

— Nous allons lui faire un cataplasme, dit-il. C'est le seul moyen.

Mais, alors que Tylwenn s'apprêtait à déposer la décoction sur les membres meurtris, la lueur de la petite créature faiblit encore avant de disparaître totalement.

— C'est fini, murmura-t-il.

Malice s'effondra en pleurs sur le corps sans vie d'Étincelle. Une peine immense envahit le cœur des Enfants perdus. Chacun d'eux avait déjà été confronté à la mort et au deuil durant leur courte vie dans l'Autre Monde. Mais cette fois, c'était différent. Ils faisaient l'amère expérience que le Pays-de-Nulle-Part avait lui aussi sa part d'obscurité et de souffrances.

La voix vibrante d'émotion du gubbin Tylwenn résonna dans la petite caverne.

— Si, mes amis, en ce triste jour, rien ne saurait nous consoler de la perte d'Étincelle, permettez-moi de partager avec vous cette légende du Pays-de-Nulle-Part : il est dit que les sylphes ne peuvent mourir. Le jour venu, elles s'en vont rejoindre la voûte céleste et deviennent des étoiles filantes qui, doucement, au terme de leur dernier vol, s'éteignent.

CHAPITRE 20

La poitrine gonflée d'orgueil, Eddy Squeeler lorgna le pavillon noir qui claquait dans le vent comme ils regagnaient la goélette. Finalement, la besogne s'était révélée plus facile à accomplir qu'il ne le pensait. Quelques heures à peine après avoir mis pied à terre, Bullit et lui avaient récupéré le paquet pour le livrer aux pirates.

Le matin, lorsqu'ils avaient débarqué sur l'île, Squeeler avait bien envisagé de fuir et d'abandonner cette mauviette de Lardon aux mains des pirates. Mais il avait rapidement écarté cette éventualité : lui, un pleutre, destiné à errer dans ce Monde en espérant que ces flibustiers ne lui mettent jamais la main dessus ? Ses perspectives étaient tout autres. Son ambition n'avait pas de limites. Il s'imaginait déjà diriger le *Jolly Roger* à la place de cette femme dont il louait, avec une certaine envie, la prestance et l'autorité. *Si je pouvais un jour inspirer une telle crainte...* songeait-il.

La capitaine, pourtant habituellement avare de compliments, ne cacha pas sa satisfaction.

— Eh bien, mon jeune ami, je dois dire que tu m'impressionnes. Vous devriez en prendre de la graine, vous autres ! vociféra-t-elle à l'encontre de ses hommes.

Un geignement se fit entendre. Elle jeta un œil sur l'Enfant-Pan qui gisait sur le pont et reprenait peu à peu conscience. Egon cligna des yeux et se massa l'arrière du crâne. Ses doigts rencontrèrent ses cheveux poisseux, couverts de sang coagulé.

— Nous voici enfin face à face, fripouille !

La pointe d'un sabre vint lui chatouiller le cou. À l'autre bout, sa sœur Jane. Ainsi ces vauriens l'avaient livré aux pirates. Il lança un regard sombre à Squeeler et Bullit qui arboraient tous les deux un sourire moqueur. Il voulut saisir le Syrinx mais sa main se ferma dans le vide.

— C'est ça que tu cherches, morveux ? s'enquit Jane Crown se penchant vers lui en exhibant l'amulette au bout des doigts. Ta magie ne te sera d'aucun secours désormais. Tu as cru pouvoir me berner tout ce temps mais je sais à présent comment rompre le sortilège qui nous retient prisonniers ici.

— Mais… mais je n'y suis pour rien, bredouilla Egon, déconcerté.

— Tu auras tout le loisir de te rafraîchir la mémoire dans la cale, canaille ! ironisa la capitaine.

Puis à ses pirates :

— Bel-Œil, mets-le donc aux fers avec le lutin. Quant au mioche qui est enfermé avec lui, dit-elle en parlant de Lardon, tu peux lui rendre sa liberté. Pour ce qui est des autres, vaquez !

Le pirate prit sans discuter Egon par le bras et s'engouffra dans la cale. Ses compères se dispersèrent sur le bateau. Squeeler se persuada que le moment était propice.

— Capitaine, nous avons rempli notre part du marché. Nous pouvons donc, mes amis et moi, être considérés comme des membres de votre équipage, n'est-ce pas ? Par ailleurs, je me rends compte comme il est difficile de tout gérer ainsi sur un bateau. Aussi, je pense que vous avez besoin d'un second. Et comme c'est moi qui en ai eu l'idée, vous comprendrez que je postule à ce poste. Considérez-moi comme votre homme !

Jane Crown resta un moment interdite. Avait-elle bien entendu les paroles qui venaient d'être prononcées ? Elle se rua sur Squeeler, l'agrippa d'une main sur le cou, et le plaqua contre le bastingage.

— Impudente vermine ! Tu te permets de me dire à moi, la capitaine du *Jolly Roger*, ce que j'ai à faire ? Aujourd'hui, tu n'es rien de plus qu'un jeune blanc-bec qui sert mes intérêts.

Squeeler, livide, essaya d'articuler quelques syllabes malgré l'air qui lui manquait.

— Que… qu'attendez-vous… de moi ?

— Tu partiras demain à l'aube avec le lutin jusqu'à la Montagne Fumante. Il te guidera dans les entrailles de celle-ci, jusqu'à une grotte dans laquelle se trouve un objet que tu ramèneras pour moi.

— Quel… quel objet ?

— La Boussole du Temps. Et alors seulement je pourrai reconsidérer ta position. Tu as bien compris, maraud ?

Squeeler hocha la tête. Elle relâcha la pression de sa main et il s'affala sur le pont. Se tournant vers Melvil qui n'avait rien raté de l'échange, elle maugréa :

— Encore là, mousse ? Hâte-toi de m'apporter de quoi me sustenter dans ma cabine. J'ai une faim de loup !

L'ambiance était morose dans la cabane de l'Arbre-hôte. Peter ne parvenait pas à avaler la moindre bouchée du repas que les Enfants perdus avaient préparé. La partie de cache-cache avait tourné à la tragédie. Tylwenn et Swann avaient accompagné Malice jusqu'aux tréfonds de la forêt des sylphes, là où les garçons ne pouvaient les suivre. Ils avaient déposé le corps d'Étincelle dans le creux de l'Arbre-sacré. C'est de là que son âme s'envolerait, c'est de là qu'une autre sylphe naîtrait. Ce cycle éternel gouvernait l'existence des créatures de l'île.

La mort d'Étincelle et la disparition d'Egon étaient dans tous les esprits. Peter avait l'estomac serré en imaginant son ami, captif quelque part, sans doute blessé et peut-être mourant. Il ne connaissait que les pirates pour être capables d'un coup pareil. Le sortilège du Grand Kabak avait fait son effet dans le cœur de Jane Crown. Il s'était instillé en elle comme un venin qui ne demandait plus qu'à cracher toute l'aversion que lui inspirait l'Enfant-Pan.

Peter savait ce qu'il devait faire. Mais il était hors de question qu'il mette en péril la vie d'un autre de ses compagnons. Aussi attendit-il que les enfants se soient endormis pour agir. Il accrocha à sa ceinture son lance-pierre ainsi qu'une bourse remplie de poussière d'étoiles et quitta la cabane, muni d'une torche, dans la nuit noire. Il s'aspergea de poussière magique et fila sans plus tarder en direction de la crique où le *Jolly Roger* était ancré.

Chapitre 20

La goélette tanguait paisiblement dans le doux roulis des vagues. Il prit le temps de la survoler de la proue à la poupe afin de s'assurer qu'aucune ombre ne se détachait sur le pont. Rien, tout paraissait calme. Il se posa délicatement au niveau de la dunette, tout près des marches qui menaient à la cabine de la capitaine, d'où il perçut un éclat de voix. Il tendit l'oreille.

— C'est assez, mousse ! Non, tu n'iras point avec le gamin et le lutin dans la Montagne Fumante demain !

— Mais, capitaine, je ne suis pas très large. Je pourrai peut-être m'introduire dans le tunnel…

— Pour que tu y restes coincé et qu'il faille t'en sortir ? Hors de question ! Maintenant, fiche-moi la paix, je t'ai assez entendu !

Puis il n'y eut plus que des notes de harpe bardique qui parvinrent aux oreilles de Peter. Comme Melvil remontait les marches, il s'écarta précipitamment et attendit qu'il se soit faufilé devant lui pour sortir de la pénombre.

— Psstt ! Melvil ! chuchota-t-il.

Le mousse tourna la tête.

— Peter !

— Chut ! Tu vas me faire repérer. Dis-moi, sais-tu où se trouve l'Enfant-Pan ?

Melvil hésita puis murmura :

— Oui… dans la cale avec un lutin, une sorte d'ermite du nom de Gwenndal que nous avons ramené de notre expédition à terre.

Peter sursauta en l'entendant prononcer le nom du gubbin.

— Gwenndal, tu dis ? C'est donc de lui dont parlait la capitaine à l'instant… Raconte. Qu'est-ce qu'elle mijote ?

— Je ne peux pas te le dire ou je serai sévèrement puni, se défendit le jeune mousse, confus.

Peter se doutait du dilemme intérieur qui agitait Melvil. Cependant, il devait absolument en savoir plus. Il posa une main sur son épaule.

— Tu n'as rien à craindre de moi, je suis ton ami. Mais je dois sauver Egon car la capitaine ne lui voudra que du mal, tu le sais.

L'adolescent acquiesça et dit :

— Je ne peux rien faire pour le sortir de la cale pour le moment. La capitaine a affecté deux hommes, Flynn et Pegg, pour le garder à l'œil, lui, le lutin et les trois autres garçons.

— Trois garçons ?

— Ils te connaissent, celui aux cheveux noirs a parlé de toi. Ils ont fait un marché avec la capitaine. Ils comptent bien intégrer notre équipage.

— Laisse-moi deviner, ce sont eux qui ont livré Egon aux pirates, fit Peter.

— Oui, mais ce n'est pas tout, demain ce garçon partira en quête de la Boussole du Temps.

Peter ouvrit de grands yeux. Ainsi, cela expliquait l'équipée prévue au cœur de la Montagne Fumante. Ce qui se tramait allait donc bien au-delà de l'enlèvement de l'Enfant-Pan. Si Jane Crown mettait la main sur la Boussole du Temps, c'était l'existence même du Pays-de-Nulle-Part qui était menacée. Il quitta Melvil en lui faisant jurer de ne raconter à personne qu'ils s'étaient parlé ce soir. La mort dans l'âme, il songea qu'il ne pourrait pas tenir la promesse faite à Egon : il allait devoir s'enfoncer dans l'antre du Grand Kabak.

Chapitre 21

Le jour était à peine levé lorsque Jack Bel-Œil, Eddy Squeeler et le gubbin Gwenndal montèrent dans la chaloupe. Jane Crown avait confié le Syrinx au garçon qui en aurait besoin pour accéder au rocher qui servait d'écrin à la Boussole du Temps. Elle avait également donné ses consignes au pirate qui les accompagnait. Simples et concises. *S'ils bougent une oreille, tu les trucides !* De quoi éviter que le gamin et le lutin soient enclins à s'enfuir. Et comme il n'y avait qu'une seule issue qui leur permettrait de quitter la cavité de la Montagne Fumante, Bel-Œil n'avait qu'à attendre patiemment à la sortie du tunnel qu'ils pointent à nouveau le bout de leur nez, une fois la Boussole récupérée.

Cela faisait bien longtemps que Gwenndal n'avait plus remis les pieds sur cette partie de l'île qui lui était pourtant familière. La Montagne Fumante avait toujours été le territoire des gubbins. C'était là où ses ancêtres avaient creusé leurs premières maisons troglodytes, directement dans la roche. Au fil du temps, un enchevêtrement de galeries s'était formé sous les coups des pioches de ces petits hommes du Pays-de-Nulle-Part. On raconte même que, dans une époque ancienne, le Grand Kabak lui-même avait fait creuser par des gubbins la salle qui renferme à présent la Boussole du Temps. Ils avaient alors pénétré si profondément dans les entrailles de l'édifice naturel qu'ils étaient parvenus jusqu'à un réservoir d'eau salée qui semblait croupir sous la montagne. En fait, un immense canal souterrain parcourait une partie de l'île et reliait directement ce lac à la mer.

Comme pour tous les gubbins, les galeries creusées dans la Montagne Fumante n'avaient pas de secret pour Gwenndal. Cependant, ce n'était pas de gaieté de cœur qu'il s'engageait dans cette péripétie. Il en venait presque à regretter d'avoir voulu se jouer de la capitaine du *Jolly Roger. Si je ne lui avais pas parlé de la Boussole du Temps, je n'en serais pas là*, pensa-t-il alors qu'il commençait à progresser dans la première partie du tunnel, le gamin sur ses talons. Il comptait bien s'éclipser à la première occasion. En attendant, plus vite ils seraient dans la cavité secrète, mieux ce serait. Il intima à Eddy Squeeler :

— Avançons plus vite, nous ne sommes même pas à la moitié !

— Je fais comme je peux ! répliqua le garçon, peu disposé à recevoir des ordres du lutin.

Squeeler ne pouvait s'empêcher de vérifier à intervalles réguliers que le Syrinx était toujours autour de son cou. Mais plus encore que de perdre l'amulette, ce qui le préoccupait, c'était de savoir s'en servir le moment venu. Sa morgue et sa suffisance composaient les fondations d'une muraille invisible qu'il s'était construite tout au long de son enfance pour mieux dissimuler son manque de confiance en lui. Pour la première fois depuis bien longtemps, dans cet étroit passage, la peur lui tenaillait les tripes. Peur d'y laisser sa peau, et surtout peur de manquer de courage à l'instant décisif.

Peter avait surveillé de loin l'accostage de la chaloupe des membres de l'expédition. Sans se faire repérer, il les avait suivis tout au long du trajet qui les avait menés au pied de la Montagne Fumante. Squeeler et le gubbin s'étaient engouffrés dans une galerie alors que Bel-Œil s'était installé tranquillement à l'entrée de celle-ci. Il avait sorti une blague à tabac et avait entrepris de bourrer une pipe. Peter n'avait pas de temps à perdre s'il voulait suivre leur trace. Il banda l'élastique de son lance-pierre et visa un gros rocher, près de la paroi, non loin du pirate. Comme prévu, le claquement de la pierre sur le roc attira l'attention de ce dernier. Pas suffisamment pour qu'il daigne se déplacer. Après un bref coup d'œil, le pirate avait haussé les épaules et entrepris d'allumer sa pipe. Peter plaça un nouveau caillou et le projeta à nouveau au même endroit. Cette fois, les sens du pirate s'éveillèrent. Il se releva doucement, empoigna son couteau et avança prudemment en direction du rocher. Peter s'aspergea de poussière d'étoiles et profita de cette diversion pour filer subrepticement dans le tunnel. C'est à peine si Bel-Œil sentit un souffle d'air dans son dos. Le garçon alluma sa torche et progressa aussi vite qu'il put pour ne pas se faire distancer. Bientôt, il distingua la lueur des flambeaux de Squeeler et de Gwenndal. Il ralentit aussitôt son pas pour rester à une portée mesurée. Au bout d'un certain temps, la pente se raidit un peu plus et l'étroitesse de la galerie le contraignit à avancer à quatre pattes. Ses mains et ses genoux s'écorchaient au contact du sol rocailleux. Enfin, il entraperçut un halo bleuté, au loin. Et des voix.

La progression dans le tunnel s'était avérée être un véritable chemin de croix pour Eddy Squeeler. Il avait serré les dents et avait fait en sorte de ne rien laisser paraître au gubbin, qui semblait plus à l'aise que lui pour se faufiler dans ces étroits passages. Il s'inquiéta à l'idée qu'il lui faudrait reprendre le chemin en sens inverse. Au terme d'un trajet qui lui parut interminable, ils débouchèrent enfin dans la salle souterraine. Le garçon resta subjugué par la beauté du lieu. Il posa un regard circulaire sur l'imposante cavité dont les parois s'illuminaient d'un reflet bleu. Plusieurs colonnes, dont on pouvait penser qu'elles avaient été érigées là par la nature, s'élevaient pour maintenir le plafond, ce qui donnait un supplément de majesté à la grotte. Sa contemplation fut brutalement coupée par Gwenndal.

— Allons-y ! C'est par là !

Une inclinaison du terrain descendait vers le lac au centre de la salle. En son sein, comme un îlot égaré au cœur de l'océan, un rocher affleurait. Posé dessus, un coffre.

— À toi de jouer, maintenant, souffla le gubbin.

— Je sais ce que j'ai à faire ! répondit Squeeler, qui n'en menait pas large.

Comme il avait vu procéder Peter à *L'Oiseau Blanc*, il saisit le Syrinx dans ses doigts, ferma les yeux et se concentra. Il crut d'abord que la magie n'opérerait pas quand, petit à petit, il se sentit plus léger et ses pieds se décollèrent doucement du sol. Une sensation bizarre l'envahit, une sorte de plénitude qu'il n'avait jamais connue. Gwenndal s'impatienta.

— La Boussole ! Récupère-la !

Squeeler rouvrit les paupières et se coula dans les airs jusqu'au rocher du lac. Aussi curieux que cela puisse paraître, le coffre n'était pas verrouillé. Il l'ouvrit lentement. Elle était là, cette étrange sphère que convoitait la capitaine… Il avait fait parler le gubbin. Il avait compris toute la puissance que recélait l'objet, sur les êtres, sur le temps. Fasciné, il avança la main pour la saisir.

— Non ! Ne fais pas ça !

Squeeler pivota la tête vivement.

— Hawkson ? Qu'est-ce que tu fiches là ?

— Cette grotte est maudite. Si on ne part pas maintenant, nous risquons d'éveiller la colère du Grand Kabak, crois-moi !

Le garçon aux cheveux de jais s'apprêtait à lui répondre quand, tout à coup, la surface du lac se mit à frémir.

— Le Gardien ! hurla Gwenndal, terrorisé.

En effet, une monstrueuse tête de crocodile aux yeux jaunes barrés d'une pupille verticale apparut dans un grondement caverneux. Les mâchoires de la bête laissaient se profiler des crocs carnassiers d'impressionnantes dimensions. Le Gardien avança vers le rocher où se trouvait Squeeler. Ce dernier, paralysé par l'épouvante, restait figé, sans avoir la présence d'esprit de se saisir du Syrinx pour s'envoler. Le reptile hissa ses deux énormes pattes griffues sur le rocher jusqu'à parvenir à hauteur du garçon. Il émit alors un grognement féroce et ouvrit en grand sa large gueule. Peter avait saisi son lance-pierre. Il ramassa un gros caillou effilé et tira de toutes ses forces, en espérant que le projectile atteindrait son but. Celui-ci n'avait aucune chance de percer l'écorce d'écailles mais, en le touchant avec vigueur au niveau de la tête, il espérait au moins détourner son attention. C'est ce qui se produisit. La bête émit un rugissement de fureur et pivota vers le bord du lac. Peter s'aspergea du peu de poussière d'étoiles qui lui restait et s'envola au moment où le Gardien s'élançait sur lui. On entendit un claquement de mâchoires vides. Le monstre semblait à présent enragé. *Je l'ai vraiment mis en rogne*, se dit Peter. Durant ce temps, Gwenndal voulut en profiter pour prendre la poudre d'escampette. Il remonta la pente et s'apprêtait à s'introduire dans le tunnel quand un pressentiment le saisit. Il tourna subrepticement la tête et poussa un bref cri de terreur : le Gardien ne fit qu'une bouchée du gubbin qui disparut dans son gosier démesuré.

Ne pouvant plus rien pour le pauvre Gwenndal, Peter avait rejoint Squeeler sur le rocher. Ce dernier, recouvrant ses esprits, retira la Boussole du Temps de son socle avant qu'il ne puisse l'en empêcher. Brusquement, toute la grotte se mit à vibrer, ce qui eut pour effet de faire fuir le Gardien qui s'enfonça dans le lac. Une menace bien plus grande guettait les deux garçons.

— Il faut fuir, vite ! cria Peter, qui s'envola.

Une forme spectrale apparut au-dessus du coffre. Eddy Squeeler recula de deux pas. Mais son deuxième pied ne rencontra que le seuil du rocher vibrant sous les secousses qui agitaient tout l'antre du Grand Kabak. Il perdit l'équilibre et tomba dans l'eau noire et glaciale.

Chapitre 21

Le Maître du Temps le toisait à présent de toute sa hauteur. C'est une silhouette fantomatique et évanescente qui s'adressa à lui en ces termes :

— Tu es venu voler la Boussole. Soyez maudits toi et tous ceux qui oseront poser la main sur elle ! Désormais, les minutes seront pour ceux-là des heures, les heures des jours, les jours des mois et les mois des années ! Ah, ah, ah !

Squeeler avait blêmi, autant par l'effet de ce bain glacé que par le sort que le Grand Kabak venait de lui jeter. Il se sentit faiblir d'un coup. Tout son corps s'engourdit et coula lentement. Une main l'agrippa et le fit revenir à lui. Elle le ramena au bord, il toussa. Il n'avait pas lâché la Boussole.

— Hawkson, pourquoi m'as-tu sauvé ?

En guise de réponse, Peter l'exhorta :

— La Boussole, rends-la ! Sinon, ce pays se mourra !

— Jamais ! Je n'ai pas fait tout cela pour rien.

Le tremblement s'intensifia dans la grotte. Une colonne, puis deux se fendillèrent avant de s'effondrer. Peter n'insista pas face à l'obstination de Squeeler :

— Tout va s'écrouler, il faut partir maintenant !

La forme spectrale du Grand Kabak avait disparu. Les garçons gravirent les quelques mètres qui les séparaient de la galerie et s'y engouffrèrent à l'aveugle en rampant le plus rapidement possible. Ils se précipitèrent à toute vitesse dans le sinueux labyrinthe qui se détruisait derrière eux au fur et à mesure de leur progression. Enfin, une lumière pointa au loin. Ils approchaient de la sortie. Un dernier effort et ils jaillirent à l'air libre alors qu'un éboulement condamnait définitivement l'entrée du tunnel. Ils s'affalèrent, à bout de souffle.

— Te voilà enfin, le drôle ! clama Jack Bel-Œil, qui patientait là.

Peter se mit sur ses jambes.

— Hé, pas si vite, vaurien !

Le pirate l'attrapa par le col et dit :

— Tiens donc, voilà une surprise qui va faire plaisir à la capitaine !

Et à l'intention de Squeeler :

— Debout ! Tu passes devant et pas d'entourloupe !

Chapitre 22

En voyant débarquer Peter sur le *Jolly Roger*, le sang de Flynn ne fit qu'un tour. Il dégaina son couteau et avança vers le garçon d'un pas décidé. La capitaine des pirates intervint d'un ton sec :

— Non, Flynn !

Le pirate lui jeta un regard où transparaissaient la haine et le refus d'obéir. Elle ajouta d'un air sournois :

— Tu ne voudrais tout de même pas commencer par le dessert ? Ne t'inquiète pas, tu auras l'honneur de la première part ! Mais en attendant, fais donc monter sur le pont cet Egon de malheur.

— À ta guise, cap'taine, grommela Flynn de mauvais cœur.

De son côté, Eddy Squeeler exhibait avec vanité l'objet de sa quête à Bullit et à Lardon. La Boussole passa de main en main.

— Elle pèse son poids, dis donc ! siffla Bullit en la soupesant.

— On dirait qu'elle s'ouvre, ajouta Lardon en cliquant sur un petit loquet qui déclencha l'ouverture de la sphère.

L'objet de métal dévoilait deux parties : l'une semblait indiquer une direction sur un fond de carte représentant l'Île du Pan, tandis que l'autre ressemblait à l'écran d'une montre gousset.

— Écoutez ! souffla Squeeler.

Un faible tic-tac émanait de la Boussole.

Flynn remonta l'escalier avec l'Enfant-Pan et le projeta sur le pont comme un malpropre, aux côtés de Peter.

— Egon ! Tu n'as rien ! dit Peter avec soulagement.

— Oh, mon ami, tu n'aurais pas dû venir, répondit-il en le prenant dans ses bras.

Les retrouvailles des deux garçons n'étaient pas du goût de tous.

— Magnifique spectacle, ironisa Jane Crown, en faisant mine d'applaudir. Croyez-le, je suis au regret de devoir interrompre d'aussi émouvantes effusions ! Mais il est l'heure que je brise le sort qui s'acharne sur mes compagnons et moi depuis trop longtemps. Et pour cela, j'ai enfin en ma possession les deux éléments essentiels : la Boussole du Temps et le Pan !

Les pirates acclamèrent ses paroles. Elle fit deux pas en direction d'Egon et reprit :

— N'aie crainte, Egon Pan, je n'ai besoin que d'une toute petite partie de toi… Ton sang frais ! Et moi, Jane Crown, je régnerai éternellement sur les terres et les océans !

— Tu te trompes, ma sœur, clama Egon dans une tentative désespérée. La Boussole du Temps est un objet maudit. Nul ne peut le dominer à l'exception du Grand Kabak.

— Ma sœur ? répéta la capitaine, troublée.

Un silence se fit. Puis elle éclata d'un énorme rire, qu'elle communiqua à ses hommes.

— Tu es un petit malin… mais tes subterfuges ne te sortiront pas d'affaire cette fois. Trêve de plaisanterie, nous avons assez discuté ! Place aux actes ! Donne-moi la Boussole, petit, ordonna-t-elle à Squeeler.

Ce dernier avait l'esprit en feu. *Ainsi, cet objet permettait d'atteindre l'immortalité d'un dieu.* Voilà qui changeait tout. Avec le Syrinx qu'il portait toujours au cou, il n'était pas loin d'acquérir le pouvoir suprême.

Jane Crown avait lu dans les pensées du garçon. Elle sortit son sabre du fourreau et tonna :

— Tu ne comptes tout de même pas me doubler, l'avorton ?

L'esprit de Squeeler était avide de ce pouvoir mais pas au point d'y laisser sa vie. Il savait ce dont la capitaine des pirates était capable. De plus, il était curieux de constater de ses propres yeux la magie que recélait l'objet. Qu'importe, il attendrait le moment propice. Il posa la Boussole sur le pont et la fit rouler en direction de Jane Crown, sous les regards emplis de désolation de Peter et d'Egon.

— Ma part du marché, capitaine.

Elle se baissa pour récupérer l'objet qui glissait jusqu'à ses bottes.

Mais Egon ne l'entendait pas ainsi. Dans un élan désespéré, il se jeta en avant pour intercepter au sol la Boussole du Temps. La course du garçon s'arrêta net. Son visage se figea dans un abîme d'étonnement et de tristesse. La lame du sabre de la capitaine du *Jolly Roger* avait transpercé le corps de l'Enfant-Pan. Le maléfice du Grand Kabak se rompit instantanément pour Jane Crown. Tout lui revint comme dans un mauvais rêve qui se rappelait à elle. Leur vie d'Enfants perdus, les mensonges de Gwenndal le Fourbe, la première quête de la Boussole du Temps, le sort jeté par le Grand Kabak, son frère… Elle lâcha la poignée de son sabre alors que le corps du garçon s'effondrait dans ses bras.

— Mon frère… Pourquoi ? gémit Jane Crown en l'étreignant.

Le temps semblait suspendu. Les pirates, hébétés, ne surent d'abord comment réagir devant cette scène. Pour eux aussi, le châtiment prit brutalement fin. À la vue de leur ami mourant, leur souffrance s'en trouvait décuplée. Le visage décomposé, Amadi prononça ses premiers mots depuis bien longtemps.

— Egon… Notre Pan ! Qu'avons-nous fait ?

Jack, quant à lui, ôta le bandeau qui lui masquait un œil. À présent qu'il n'était plus borgne, il avait plus d'yeux qu'il n'en fallait pour affronter la triste réalité. Il prit appui sur Pegg qui tituba sous l'effet d'un équilibre sur deux jambes retrouvé. Une amère récompense en contrepartie d'un jour funeste pour les pirates.

Cependant, le plus affecté était Flynn. Le mal s'était emparé de lui durant si longtemps. La haine l'avait rongé comme de la gangrène toutes ces années. Son cœur redevenait pur et son esprit ne pouvait supporter les actes qu'il avait commis. Le voilà qui hurlait comme un dément sur le pont du navire, la tête entre les mains.

Chapitre 22

Peter se précipita vers Egon. Le corps de l'Enfant-Pan exhalait encore un souffle de vie alors que sa sœur l'avait allongé sur le pont du navire.

— Tu ne peux pas mourir, Egon ! décréta Peter, les yeux embués de chagrin.

Celui-ci grimaça de douleur.

— Il faut pourtant croire que si, mon ami.

— Cela ne se peut, nous sommes au Pays-de-Nulle-Part, tout ça n'est qu'un jeu !

— Alors il semble que cette fois… j'ai perdu, murmura-t-il.

Jane saisit la main du garçon qui se mourait. Le regard dans le vague, il dit dans un souffle :

— Tu fus la meilleure des sœurs, Jane.

— Et toi, le meilleur des frères, répondit-elle alors que des larmes s'écoulaient doucement le long de ses joues.

Egon sourit puis ses grands yeux gris se fermèrent.

Le ciel se mit à gronder. Un voile d'obscurité tomba sur le Pays-de-Nulle-Part. Le bateau grinça sous le roulis de la mer qui se fit soudain plus fiévreuse. Tout était fini.

Eddy Squeeler brisa le silence qui avait envahi l'espace :

— Le Sang du Pan a coulé ! Finissons-en !

Hébétée, Jane Crown, qui était encore agenouillée près du corps de l'enfant, ne comprit pas immédiatement où il voulait en venir.

— La Boussole du Temps, donne-la-moi que je la trempe dans son sang tant qu'il est encore frais ! insista Squeeler, en lui indiquant du regard l'objet qui était resté à ses pieds.

Elle ramassa la Boussole, cet objet maudit qu'elle avait jadis convoité pour faire d'Egon un demi-dieu, un éternel Pan du Pays-de-Nulle-Part, et qui avait causé leur perte à tous les deux. Alors, elle leva vers le garçon aux cheveux noirs ses yeux rougis par la souffrance et la colère.

— Tu oses demander cela devant le corps sans vie de mon frère ? clama-t-elle d'un ton glacial.

— Oh, toutes mes condoléances, cap'taine, ricana Squeeler, mais nous avons un accord. À toi de remplir ta part !

Elle s'avança en tendant vers lui l'objet convoité. Mais au moment où il voulut s'en saisir, elle referma la main et dit :

— Tu la veux, méprisable vermine ? Va donc la chercher !

Et elle balança la Boussole par-dessus bord. Eddy Squeeler poussa un cri de dépit et plongea dans l'eau sombre. Quelques secondes plus tard, il remonta à la surface, brandissant le trophée et s'écria d'un air triomphant :

— Je l'ai ! Elle est à moi !

Il saisit entre ses doigts l'amulette du Pan qui pendait à son cou mais, à son grand dépit, il ne s'éleva pas dans les airs. Squeeler ne se doutait pas que ce n'était pas un simple objet : agissant en tant qu'entité consciente, le Syrinx refusait d'octroyer à nouveau son pouvoir à ce garçon qui ne le méritait pas.

Eddy Squeeler interpella ses compagnons.

— Bullit, Lardon, une corde, vite !

Les deux gaillards attrapèrent un cordage sur le pont et le balancèrent dans sa direction. Squeeler agrippa le grelin de sa main libre. Un remous se fit alors brutalement sentir dans son dos. Il n'eut pas le temps de voir arriver la masse obscure qui agita la mer en un déferlement furieux. Un bruit à la fois sourd et sec fendit l'air. Il sentit qu'une partie de lui s'échappait. Il se retourna au moment où le monstre refermait implacablement ses crocs sur sa main gauche, emportant avec elle, en plus de la chair et des os, la Boussole du Temps. Horrifié, Squeeler hurla, sa main valide cramponnant la corde jusqu'à s'enfoncer les ongles dans la peau. Le long du parapet, les pirates observaient la créature, un reptile d'une taille qu'ils n'avaient jamais vu. C'était le Gardien qui, après s'être éloigné de quelques mètres, revenait à la charge, appâté par le goût du sang. Bullit et Lardon remontèrent leur comparse jusqu'au bastingage. La mâchoire du Gardien claqua encore, mais dans le vide cette fois. Eddy Squeeler était sauf. Il se roulait à présent sur le pont, geignant de douleur, le visage baigné de larmes et de sel. Délaissant le corps d'Egon, Peter se rua sur son ennemi et, avec rage, le frappa au visage. Toute la fureur qu'il avait contenue jusqu'alors éclata à présent dans un déferlement de coups. Il s'acharna comme un dément, jusqu'à briser de ses poings ensanglantés le nez et les dents de Squeeler. Bullit et Lardon firent mine d'intervenir mais Pegg et Amadi les retinrent vigoureusement pour les en dissuader. Ce sont d'autres bras qui finalement agrippèrent Peter et le tirèrent en arrière en suppliant :

— Non, m'sieur Peter, vous valez mieux que cela !

C'était la voix de Melvil. Peter sentit d'un coup tous ses muscles se relâcher. Plutôt que le désir de vengeance, c'était un profond désespoir qui le submergeait maintenant. Il se recula, terrassé. Le visage marqué, Jane Crown se pencha alors sur le corps du mutilé et lui arracha le Syrinx du cou en disant :

— Tu n'en es pas digne.

Sans réfléchir, Melvil attrapa fermement le bras de Squeeler, amputé de son extrémité, et intima d'un ton sec à Bullit et à Lardon :

— Hâtez-vous d'aller chercher de l'eau bouillante et un tison ardent. Il faut cautériser sa plaie tout de suite ou bien il va y rester !

Les deux garçons filèrent sans tarder dans le ventre du navire. Melvil dénoua le bandeau qu'il portait au cou pour en faire un garrot au mutilé qui gémissait.

— Tenez bon, m'sieur Squeeler, et soyez fort. C'est le prix à payer.

Non loin de là, Peter, anéanti, restait adossé au bastingage. Il vit Jane Crown s'agenouiller auprès d'Egon. Elle entreprit de lui replacer autour du cou le Syrinx, puis elle recueillit dans une fiole le sang qui s'écoulait lentement du corps de son frère. Le cœur lourd, elle vint s'asseoir aux côtés du garçon et l'entoura de son bras.

— Le sang du Pan m'importe peu, désormais, lui assura-t-elle d'une voix vibrante. La Boussole du Temps a repris sa place. Le Gardien en est à nouveau le dépositaire. Mais je veux que tu fasses quelque chose pour Egon et pour l'Île du Pan.

Peter leva les yeux.

— Ramène son corps au peuple de l'île. Et prends cette fiole : elle sera nécessaire pour qu'une nouvelle ère s'ouvre au Pays-de-Nulle-Part. C'est ce qu'il aurait voulu.

Chapitre 22

Le garçon glissa instinctivement dans sa poche l'objet contenant le sang encore tiède de son ami.

— Et… et toi ?

— Oh, moi ? articula-t-elle en se relevant. Mon temps est accompli dans ce Monde. Mais s'il te faut retenir quelque chose de ce triste jour, c'est que toutes les histoires valent la peine d'être vécues. Il y a fort longtemps, lorsqu'Egon et moi étions dans l'Autre Monde, une diseuse de bonne aventure avait lu notre avenir. Je n'avais pas cru ce qu'elle avait prédit à l'époque. À présent, je comprends. Notre vie est tissée par des fils qui nous échappent. Si certains se rompent ou sont moins solides que d'autres, il n'en demeure pas moins qu'ils nous conduisent sur un seul et même chemin…

Sur ces mots, elle tourna les talons et marcha lentement jusqu'à la dunette. Au dernier moment, elle pivota comme pour ajouter une parole, puis se ravisa et lui sourit tristement avant de s'engouffrer dans sa cabine.

Peter souleva le corps inerte d'Egon. Il ferma les yeux et pensa très fort : *faites que je vole, faites que je vole, faites que je…* Et le jeune garçon, sans même effleurer le Syrinx, commença miraculeusement à s'élever dans les airs. Emportant avec lui le cadavre du Pan, il dépassa bientôt le grand mât, son drapeau à tête de mort qui bruissait dans le vent. Puis le *Jolly Roger* ne fut bientôt plus qu'un point minuscule sur la mer. Il monta si haut vers le soleil que la chaleur paraissait lui consumer le visage. Ainsi, il ne faisait plus qu'un avec Egon. Il lui semblait que leurs cellules respectives étaient en train de fusionner. Il rouvrit alors les yeux et, mû par un instinct naturel, il plongea vers le cœur de l'île qui l'appelait dans des vibrations déchirantes.

CHAPITRE 23

Le Pays-de-Nulle-Part avait changé. Il était le même et pourtant si différent. Les feuillages de la forêt des sylphes avaient nuancé leur teinte, la lagune des néréides s'était colorée d'un bleu plus sombre, plus froid. Toute la nature semblait s'être mise au diapason du cycle qui s'achevait. Après que Peter eut ramené la dépouille d'Egon au pied de l'Arbre-hôte, tout ce que l'île comptait d'espèces s'était rassemblé autour de son enchevêtrement de racines monumentales. Centaures, gubbins, sylphes et même Ours Joyeux et quelques autres Indiens Kabakos entouraient les Enfants perdus qui pleuraient leur Pan. Au loin, on entendait le chant mélancolique des néréides. Le corps d'Egon était déjà blême et froid. Peter, à genoux près du cadavre, tourna ses yeux rougis vers les autres.

— Je n'ai rien pu faire, prononça-t-il le cœur rongé par le remords.

Tylwenn le Sage lui posa une main tiède sur l'épaule.

— Tu n'es pas responsable, mon ami. Le cycle du trentième Pan devait s'achever. C'était écrit.

— Le… le trentième Pan ? bredouilla Peter.

— Nul n'est éternel, même au Pays-de-Nulle-Part, lui répondit paisiblement le gubbin. Si le temps s'écoule différemment ici pour chaque être, si les enfants ne grandissent pas, ils n'en sont pas pour autant immortels. Avant Egon, il y eut bien d'autres Enfants-Pan et il en sera de même après lui. C'est ainsi, lorsqu'un cycle s'achève, un autre commence. Aussi, si nous sommes tous attristés d'avoir perdu Egon aujourd'hui, nos cœurs doivent être également remplis d'espérance car nous sommes à l'aube d'une ère nouvelle.

Tylwenn se tourna alors vers l'assemblée et proclama :

— Amis du Pays-de-Nulle-Part, Egon Pan a quitté son enveloppe terrestre en ce jour. Mais nous savons qu'il sera toujours présent pour guider son successeur. Celui-ci aura la lourde tâche de préserver à son tour le précieux équilibre qui régit notre monde. Je vous invite à offrir à notre défunt Pan de quoi l'accompagner pour son dernier voyage.

Chacun s'avança ainsi pour déposer auprès du corps d'Egon un objet, un élément en signe de douleur et de considération. Les centaures commencèrent. Parmi eux, Arthus se présenta avec de la roche de lave, Gedeus apporta du sable de la plage des Naufragés et Orpheus transportait une outre remplie d'eau de la lagune que les néréides lui avaient confiée et qu'il laissa là en leur nom. Le chef de la tribu des Kabakos déposa un calumet aux pieds de l'Enfant-Pan, avant de se retirer. À leur suite, les sylphes voletèrent au-dessus d'Egon dans une étrange chorégraphie puis Malice laissa choir le contenu d'une bourse sur le visage du défunt. Une pluie de poussière d'étoiles vint s'y déposer délicatement en un scintillement lumineux. Puis, Swann le Fol s'avança avec une curieuse cape brune qu'il déposa pliée auprès du cou d'Egon, tandis que Tylwenn le Sage laissa glisser un bâton au pommeau muni d'une pierre bleue finement ciselée le long du bras immobile de l'Enfant-Pan. Enfin, ce furent les Enfants perdus qui amenèrent un objet en souvenir de leur compagnon de jeu. Chandra-Kumar, le petit Maki aux grands yeux noirs, amena un galet plat qu'il était allé ramasser au bord de la rivière, les jumeaux Fisher déposèrent un arc et des flèches qu'ils avaient confectionnés. Jimmy, le cœur lourd, offrit une flûte de roseau.

Quant à Peter, il ne savait quoi donner à ce compagnon qui lui avait tellement apporté. Une part de lui-même était morte en même temps qu'Egon. Il fouilla ses poches et y trouva la fiole contenant le sang de son ami, qu'il avait recueilli sur le bateau. Comme il s'apprêtait à faire don à Egon de ce qui lui revenait, Tylwenn le Sage interrompit son geste.

— Ce sang t'appartient. Tu ne peux plus le rendre au Pan. À présent, c'est lui qui doit t'offrir quelque chose.

Alors, le gubbin s'approcha de la dépouille et détacha du cou d'Egon le Syrinx. À ce moment, le corps de l'Enfant-Pan, ainsi que toutes les offrandes qui avaient été déposées par les habitants du Pays-de-Nulle-Part, se dispersa dans une nuée lumineuse.

— Où… où est-il ? demanda Peter.

— Egon est désormais libre, déclara Tylwenn. Il est retourné là d'où chaque chose vient.

Le garçon ne pouvait détacher ses yeux verts de l'amulette. Le gubbin s'avança et la lui noua autour du cou en disant :

— Il te faut maintenant être consacré par le sang de la fiole. Ne crains rien, ajouta-t-il. Il était dit que cela serait ainsi.

Peter ressentait la chaleur du Syrinx sur sa poitrine. Il leva la fiole devant tous les regards des êtres assemblés là. Chacun retenait sa respiration. Dominant ses émotions du mieux qu'il put, il avala le contenu de la fiole et sentit le fluide au goût ferreux s'immiscer dans sa gorge. Subitement, plus rien ne fut pareil. Un souffle frais parcourut le Pays-de-Nulle-Part, comme un vent de renouveau qui annonçait la naissance d'une ère d'espérance, où tout serait possible. Peter avait senti une énergie intense se déployer dans tout son être. Des myriades de visages défilèrent dans son esprit. Des souvenirs qui ne lui appartenaient pas devinrent siens. C'étaient la puissance, la mémoire, l'âme de tous les anciens Pans qui s'étaient dilués dans son enveloppe d'enfant et qui circulaient maintenant en lui. Il s'éleva dans les airs, sans le vouloir, comme si son cerveau n'avait plus de prise sur son corps.

Au loin, il vit, s'insinuant lentement vers le ciel, la longue colonne noire qui s'élevait de la Montagne Fumante. Celle-ci avait retrouvé un semblant de quiétude. La colère du Grand Kabak avait sans doute été apaisée : la Boussole du Temps était maintenant à l'abri dans l'estomac du Gardien.

Il songea aux anciens orphelins de *L'Oiseau Blanc*, Eddy Squeeler, Lardon et Bullit, là-bas sur le *Jolly Roger*.

À jamais prisonniers. Non, pas de Jane Crown et de ses pirates, mais du temps qui leur était compté. Il avait compris que la Boussole du Temps ne devait offrir qu'un seul présent à ceux qui croyaient pouvoir la maîtriser : glisser inexorablement dans les affres du temps qui s'écoule et voir leurs corps grandir, vieillir jusqu'à la décrépitude.

Il était affecté pour Melvil, lui aussi captif. Esclave d'un destin funeste qui le condamnait à achever ses jours au Pays-de-Nulle-Part comme l'éternel mousse qu'il était. Au fond, chaque existence était inexorablement aliénée par un sort qui la gouvernait, quoi qu'on fasse.

Il imaginait ce qu'il adviendrait de la petite Angela. Elle qui aspirait à devenir femme et mère, elle qui avait jeté son dévolu sur le garçon qui était incapable de grandir. Il ne regrettait rien de son choix. Les sentiments sont de piètres armes quand les rêves ne peuvent s'exaucer.

Le marasme de ses pensées disparut lorsqu'il entendit des cris de joie et des acclamations qui montaient jusqu'à lui.

— Gloire à notre nouveau Pan ! Vive Peter Pan !

Il sourit en voyant les visages réjouis de ses amis. Car désormais, le nouvel Enfant-Pan savait qu'il était le garant du bonheur des habitants de ce Monde. De Peter Hawkson, le petit orphelin de Londres, il ne subsistait rien sinon cette enveloppe charnelle. Son passé n'était déjà plus qu'un lointain souvenir. Ses blessures anciennes ne le faisaient pour la première fois plus souffrir. Il était libre, enfin.

Désormais, on ne le connaîtrait plus que sous le nom de Peter, le trente-et-unième Pan.

Chapitre 24

Cabine du capitaine du Jolly Roger,
quelques mois plus tard

Il avait fallu des semaines pour qu'Eddy Squeeler se remette de la blessure infligée par le Gardien. Des semaines qui furent des années pour les habitants du *Jolly Roger*, condamnés à vieillir. Au fil des jours, le duvet qui était apparu sur les joues de l'ancien pensionnaire de *L'Oiseau Blanc* devint une barbe noire et drue. Lardon et Bullit avaient eux aussi grandi de plusieurs dizaines de centimètres et avaient vu leur musculature d'homme s'affirmer.

Cependant, la blessure qui laissait le plus de traces chez Squeeler, ce n'était pas ce moignon qui le narguait chaque jour à son réveil, en lieu et place de sa main gauche. Non. C'était son orgueil qui le torturait et avait ouvert au plus profond de lui une plaie béante. Il savait qu'il lui faudrait trouver le moyen d'apaiser la rage qui bouillonnait dans tout son être et menaçait de le consumer.

Il était resté longtemps inconscient après l'épisode sur le pont du navire. À son réveil, il était alité dans la cabine du capitaine. Il ne restait plus sur le *Jolly Roger* que Bullit et Lardon, qui lui racontèrent que les pirates et leur satanée capitaine avaient disparu le lendemain de la mort de l'Enfant-Pan. Jane Crown avait ordonné à ses compagnons de mettre une chaloupe à la mer. L'embarcation avait emporté les anciens Enfants perdus vers un horizon inconnu. La vie recèle bien des mystères qui ne se révèlent qu'au fil du temps.

Ainsi, les pirates leur avaient laissé ce navire abandonné. Un rafiot tout juste bon à mouiller dans une crique, bien incapable de prendre la mer et de naviguer sur les océans. Bullit et Lardon rappelèrent aussi à leur compagnon pourquoi il était incapable d'articuler le moindre mot correctement, comment Peter Hawkson l'avait défiguré à coups de poing, lui brisant presque les mâchoires, avant de s'envoler avec le cadavre d'Egon.

Et ces pensées tourbillonnaient sans cesse dans la tête de Squeeler, le hantaient, le dévoraient, ne lui laissaient aucun répit, le jour, la nuit, ce qui le rendait d'autant plus irritable.

— Bon Dieu, mouche ! Enlève-moi chette bouillie infâme ! tonna-t-il en articulant comme il put, alors que le mousse lui apportait son repas dans sa cabine.

Melvil avait vieilli lui aussi. L'ancien adolescent s'était mué en homme fait. Il était resté sur le *Jolly Roger*, au contraire des autres pirates. C'était sa maison, son refuge, il n'en avait pas d'autres. C'était là où il se sentait utile, précieux. Patiemment, il avait soigné Eddy Squeeler, l'avait nourri cuillerée après cuillerée, pour qu'il reprenne des forces. Au fil du temps, tel que cela avait été le cas par le passé avec Jane Crown, une relation particulière s'était forgée avec celui qu'il considérait comme le nouveau capitaine du navire. Si les mots étaient parfois durs, le regard du convalescent trahissait sa profonde reconnaissance. Mousse, cuisinier, garde-malade, confident, il était tout cela à la fois.

— Capitaine, c'est le mieux que vous puissiez ingurgiter avec vos dents en moins et vos mâchoires abîmées…

Squeeler lui jeta un regard noir mais il attrapa malgré tout la cuillère de sa main valide et commença à avaler la bouillie en question.

— Je vous ai fabriqué quelque chose, dit alors Melvil, en dévoilant une forme sous un tissu qu'il dissimulait derrière son dos.

— Tu chais que che n'aime pas les cachotteries, grogna Squeeler.

N'y tenant plus, Melvil laissa glisser le tissu et révéla l'objet : un socle de bois sur lequel étaient fixées des attaches de cuir souple et à son extrémité, un étincelant croc de métal.

— Laissez-moi faire, capitaine, fit-il en ajustant l'engin sur le moignon de Squeeler.

L'expression de ce dernier changea à la vue de ce simple instrument rustique qui lui tiendrait dorénavant lieu de membre. Il se leva comme pour mieux admirer l'effet produit et tourna son regard vers Melvil.

— Merchi pour che cadeau, mouche ! articula-t-il avec son chuintement habituel.

L'enfant-PAN

Ce crochet qui terminait son bras lui donnait l'impression d'être à nouveau entier, il parvenait à combler autant qu'il était possible cette terrible mutilation. Eddy Squeeler se sentit transporté par une vigueur nouvelle comme si, après tout ce temps qui s'était écoulé depuis les événements, l'horizon s'éclaircissait enfin dans le ciel sombre de sa vie. Alors, la poitrine gonflée de détermination, il grimpa sur la dunette arrière et, brandissant son crochet dans l'éther bleuté du Pays-de-Nulle-Part, s'exclama le visage déformé par la haine :

— À nous deux, Peter Pan !

Épilogue

Londres, le 30 août 1888

Six longues années. Voilà le temps qu'il avait passé au bagne. Il n'avait que vingt-deux ans mais ses traits endurcis et son expression froide lui en faisaient paraître dix de plus. Il faut dire qu'il avait survécu à un véritable enfer. Pire qu'une condamnation à mort. On ne peut pas s'imaginer ce que c'est que d'être un jeune garçon de seize ans plongé dans un univers de corruption, d'ivrognerie et de sévices en tout genre. Si la rue l'avait initié à la vie, c'est au bagne qu'il avait terminé son douloureux apprentissage. Qu'elle était loin aujourd'hui son enfance perdue.

Il en était sorti, avait pu se faire engager comme gabier sur un bateau de commerce et il était rentré au pays. Personne ne l'y attendait. Durant les premières semaines, il s'était informé ici ou là de ce petit frère qu'il avait laissé à Londres huit ans plus tôt. Mais rien. Il s'était même rendu à nouveau dans cette école au nom bizarre, *L'Oiseau Blanc*. La gardienne, une vieille femme assez désagréable, ne l'avait pas reconnu. Elle avait refusé de le laisser entrer. Tout juste lui avait-elle glissé à travers la grille : *Oh, le p'tit Jimmy, pour sûr que j'm'en souviens ! Un gentil gamin. Il a été de ceux qui ont disparu du jour au lendemain y a de ça quelques années… Après, plus rien a été pareil ici ! Ce pauvre Mr Kindman, avec sa fille qui racontait que les gosses s'étaient envolés, il s'en est jamais remis…*

Il n'avait rien pu apprendre de plus. Alors, il était là à siroter sa chope de bière, attablé seul près de la fenêtre du pub, d'où il pouvait observer l'effervescence de la rue en cette fin de journée froide et pluvieuse pour un mois d'août. Une brume épaisse se déposait sur la ville. Il peinait à distinguer les silhouettes qui émergeaient du *smog*. Les braves gens se hâtaient de retrouver la douceur de leur foyer. Quant aux autres… Son regard s'arrêta sur cette petite femme brune qui traversa la rue. Elle était vêtue légèrement en dépit du temps qu'il faisait. Elle pénétra dans *Ye Frying Pan*, comme un chat mouillé qui viendrait s'abriter. Le tenancier lui lança :

— T'as d'quoi payer, Polly ?

— Oh, tu veux bien mettre ça sur ma note, Al…

— Non, ma belle, tu reviendras quand tu auras de quoi poser des shillings sur le bar !

Elle insista malgré tout :

— Je te paierai demain. J'aurai bien quelques clients qui voudront se réchauffer avec ce froid de canard.

Comme le taulier ne bronchait pas, elle se résigna et sortit en réajustant son châle sur ses épaules. John Jarvis la suivit des yeux avec attention pour ne pas la perdre dans ce brouillard. Des souvenirs d'un lointain passé se bousculèrent dans son esprit. Malgré le temps qui s'était écoulé, il revoyait si distinctement les traits de celle qui leur avait donné la vie, à son frère et à lui. Une naissance, oui, mais dans un monde de misère, entre deux passes, au fond d'une chambre crasseuse. Il se rappelait d'ailleurs chaque mot que l'un des clients avait énoncé comme une sentence en se rhabillant, quelques jours après la naissance de Jimmy : « Alors, ma belle, t'en avais pas assez d'un mioche, il t'en fallait deux ? Celui-là, en plus, est tout petit, t'aurais mieux fait de le noyer, comme on le fait pour des chatons ! ». Elle avait pris, en riant, les quelques pennys que lui avait tendus l'homme, puis avait houspillé le jeune enfant qu'était John à l'époque en lui ordonnant de s'en aller plus loin s'occuper de son petit frère, parce qu'elle n'avait pas terminé sa journée de travail.

John Jarvis continuait à fixer la femme qui arpentait le trottoir. Elle ressemblait tant à cette mère qui, pour lui, ne l'avait jamais vraiment été.

Ce ne pouvait être un fait du hasard.

Elle fit les cent pas un bon moment devant le pub, espérant attirer un homme pour trouver de quoi boire et dormir cette nuit, sans succès. Brusquement, comme si elle avait pris la décision de s'en aller tapiner ailleurs, elle passa de l'autre côté de la rue puis bifurqua dans une ruelle à gauche. Alors, John avala précipitamment le reste de sa bière, sortit quelques piécettes de sa poche qu'il laissa sur la table en se levant et, sans dire un mot, quitta *Ye Frying Pan*. Sans hésiter, il prit la même direction que la ribaude. La main crispée sur la lame qu'il dissimulait contre son flanc, il disparut dans la brume de *Whitechapel* en sifflotant.

Remerciements

Merci tout d'abord à James M. Barrie qui a imaginé il y a plus d'un siècle un univers fascinant, dont je me suis inspiré pour créer « mon » Peter.

Des remerciements sincères à tous les membres de l'équipe de Gulf stream éditeur pour leur confiance et notamment à Alice Darondeau pour ses conseils avisés.

Merci à celles et ceux qui m'ont offert leur amitié au fil du temps, avec lesquels j'ai partagé pour certains les premiers émois d'écriture, et tout spécialement à Salima qui m'a ouvert la voie.

Merci à ma famille, en particulier à mes parents pour leur indéfectible soutien, à mon épouse Laurence qui fut ma première lectrice et sans qui rien n'aurait été possible.

Arnaud
Druelle

Arnaud Druelle est né en 1974 à Lens. Passionné de lecture autant que de football, il dévore les romans dès son plus jeune âge.

Devenu professeur de lettres-histoire, il a enseigné aux quatre coins de France avant de poser ses valises en Gironde, où il exerce aujourd'hui le métier de principal adjoint en collège.

Tout en encadrant depuis plusieurs années des enfants dans une école de foot, il a continué à s'adonner à la passion de l'écriture.

L'Enfant-Pan est son premier roman.

ÉCHOS

Christine FÉRET-FLEURY • *Les Maux bleus*

Maxime FONTAINE • *Mes vies à l'envers*

Lorris MURAIL • *Chaque chose en son temps*

Charlotte BOUSQUET • *À cœurs battants*

Carina ROZENFELD • *Je peux te voir*

Lisa CHOPALE • *Dis non Ninon !*

Anne LOYER • *La Fille sur le toit*

Mylene MOUTON • *Yiddish Tango*

Joanne RICHOUX • *Désaccordée*

Arthur TÉNOR • *Dead Lines*

Hubert BEN KEMOUN • *Dans ma Bulle*

Nadia COSTE • *Sueurs Froides*

Joanne RICHOUX • *Orageuse*

Delphine PESSIN • *e.Toile*

Taï-Marc LE THANH • *Apprivoiser la bête*

Anne LOYER • *Izzie Nobody*

E.S. Green
Steam Sailors
1. L'Héliotrope
Gulf stream éditeur

Chez le même éditeur, découvrez

SteamSailors

1. L'Héliotrope

Il fut un temps où les Alchimistes nourrissaient le Haut et Bas-Monde de leurs inventions merveilleuses, produits de magie et de science. Un temps de machines extraordinaires, de prodiges électriques et d'individus aux pouvoirs fantastiques. Une époque révolue depuis que les Industriels ont éradiqué les Alchimistes et leur formidable savoir. Pourtant, on raconte qu'à l'aube de leur disparition, ils auraient caché leur fabuleux trésor dans une cité secrète...

Quatre siècles après la Grande-Fracture, les habitants du Bas-Monde traversent une ère obscure et rétrograde, tandis que le Haut-Monde, figé depuis l'extinction des Alchimistes, demeure inaccessible et fait l'objet de tous les fantasmes. Originaire du Bas-Monde, Prudence vit en paria car elle voit l'avenir en rêves. Une nuit, son village est attaqué par des pirates du ciel. Enlevée et enrôlée de force à bord de *L'Héliotrope*, un navire volant à la sinistre réputation, la jeune orpheline découvre un nouvel univers, celui du ciel et de ses pirates. Prudence fait la connaissance des membres de l'équipage, qui ne tardent pas à lui révéler leur secret : ils détiennent un indice, menant à une série de « clefs » disséminées dans le monde, qui permettrait de retrouver la cité des Alchimistes...

Reproduit et achevé d'imprimer en novembre 2020,
par Abedik, en Pologne,
pour le compte de Gulf stream éditeur,
31, rue Alfred-Riom, 44100 Nantes,
www.gulfstream.fr

Dépôt légal 1re édition : mars 2021